LES CHRONIQUES
DE MONTBRÛLIS

Concours qui couronne l'œuvre écrite d'une personne de 60 ans ou plus, La Plume d'argent est née en 1980 d'une initiative du journal *Le Troisième Âge*. Depuis 1987, le Centre Berthiaume-Du Tremblay parraine ce concours qui veut favoriser la découverte de talents nouveaux, promouvoir le goût de l'expression littéraire et témoigner de la vivacité intellectuelle et de la créativité des aînés.

YVON DAIGNEAULT

LES CHRONIQUES
DE MONTBRÛLIS

Prix Angélina Berthiaume-Du Tremblay
Concours littéraire La Plume d'argent

FIDES

Typographie et montage: Dürer *et al.* (Montréal)

Données de catalogage

Daigneault, Yvon
Les chroniques de Montbrûlis
«Prix Angélina Berthiaume-Du Tremblay
du concours littéraire La plume d'argent».

ISBN 2-7621-1857-3

1. Québec (Province) – Mœurs et coutumes – Romans.
I. Titre.

PS8557.A446C37 1995   C843'.54   C95-941274-3
PS9557.A446C37 1995
PQ3919.2.D34C37 1995

Dépôt légal: 4ᵉ trimestre 1995
Bibliothèque nationale du Québec
© Éditions Fides et Yvon Daigneault, 1995

Les Éditions Fides bénéficient de l'appui du Conseil des Arts du Canada
et du ministère de la Culture du Québec.

À Hélène
dont l'amitié,
la patience et la confiance paisible
ont dissipé tous les doutes.

Y. D.

MONTBRÛLIS

Si vous n'êtes pas pressé, cherchez MONTBRÛLIS quelque part entre Saint-Damien-de-Bellechasse à l'ouest, et Saint-Omer-de-L'Islet à l'est, entre Saint-Pierre-de-Montmagny au nord et Sainte-Lucie-de-Beauregard au sud.

Je suis venu m'y réfugier vers la fin d'un mois de mars maussade, à la suite d'événements que je préfère oublier. Quelques semaines plus tôt, après m'être fourvoyé en des chemins de misère, j'avais abouti à un village inconnu que je voulus traverser sans m'y arrêter. J'allais le quitter quand j'aperçus une maison de pierre sans âge, presque à l'extrémité est de la rue Principale. À l'instant, je sus qu'elle m'était réservée depuis longtemps, qu'elle m'attendait et qu'elle s'offrait à moi. Une heure, le temps de la visiter et je l'avais louée.

Le jour de mon arrivée, après avoir payé les déménageurs qui retournaient à Québec, je revenais vers la maison quand il me sembla un court moment que le Brûlis cherchait à me repousser en dressant devant moi une barrière de vent froid et de neige. J'ai foncé vers la maison. Le «grand» Lagüe, le propriétaire, avait entassé quelques bûches d'épinette dans la cheminée. J'y mis le feu et traînai le fauteuil de mes lectures tout près. La maison m'enveloppa bientôt de sa chaleur et elle fit tout pour me rassurer. Elle m'ouvrait son cœur et promettait de veiller sur moi. Pour la première fois, depuis plusieurs mois, la paix, si longtemps cherchée, vint à ma rencontre.

Je consacrai plusieurs jours à m'habituer à la maison et à ranger meubles et effets tout en faisant connaissance avec mes voisins: Rosaire et Angéline Toupin «qui s'aimaient d'amour tendre»; le notaire Quirion et son épouse, très chaleureux sous leurs dehors distingués et vieux genre, qui habitaient la grande maison en face de la mienne, entourée de hauts bosquets de lilas; Paul et Nicole Langevin qui écoutèrent mes rares confidences et respectèrent mes longs silences. Ils me présentèrent Madame Gervais, leur femme de ménage, qui n'avait nul besoin de travailler mais tenait à le faire pour «rencontrer du monde et apprendre des nouvelles». C'est elle qui raconta partout au village que j'étais «un écrivain distingué qui écrivait de *vrais* livres». Je rencontrai aussi Joël Archambault, le curé, le jour où il faillit me renverser dans la rue Principale parce qu'il conduisait sa vieille voiture en regardant partout, sauf devant lui.

Montbrûlis est une longue rue tendue entre la route neuve qui, à l'est, monte de Montmagny vers la Frontière, et, à l'ouest, le vieux chemin qui s'essouffle à vouloir rejoindre Saint-Octave. Les habitations et les commerces se sont alignés sagement de chaque côté de l'église morose qui surveille avec hauteur le petit parc municipal où j'appris à flâner en écoutant quelques *sages* comme Ovide Gélinas et plusieurs *drôles* comme Philéas Le François, raconteur de peurs, Zéphyr L'Heureux, censeur de nos mœurs décadentes, Odilon Turbide, le «malade municipal» qui inventait chaque matin une nouvelle description de ses épouvantables maladies.

Mais Montbrûlis n'était pas seulement une rue. Il y avait aussi les rangs. Vers le nord et le Fleuve, le premier et le deuxième, les plus anciens. Les terres y sont riches et grasses, nivelées et découpées en longues tranches bien clôturées par cent cinquante ans de labourage, d'épierrage et de drainage. Vers le sud, où les grandes forêts roulent vers les montagnes, le troisième, le quatrième et le cinquième rangs, les nouveaux, où la terre est caillouteuse et résiste à l'avance de l'homme malgré ses séductions.

J'aime ces gens simples, querelleurs par plaisir, doués d'un solide bons sens cousu d'humour. Ils sont hospitaliers. Ils aiment les belles fêtes et les campagnes électorales. Ils peuvent être superstitieux. Et parfois, cruels...

Vers le sud, là où le ciel cache ses orages et ses grands froids, le BRÛLIS, la montagne ravagée, il y a bien longtemps, par de violents incendies, montre encore de grandes plaies grises que les forêts n'ont pas fini de guérir.

Il a donné son nom au village, à la paroisse SAINTE-EDMÉE-DE-MONTBRÛLIS. Il continue à veiller sur le destin des familles qui se sont regroupées à ses pieds. Aussi, il n'est pas rare qu'on lui adresse un petit salut, de la façon la plus simple, quand on lève les yeux vers lui.

LE DERNIER ESPOIR
DE MONSIEUR FAFARD

*D*ès les premières belles journées de mai, je commençai à fréquenter le petit parc municipal. Il me sembla qu'on s'habituait à ma présence à Montbrûlis. On me saluait mais on n'osait pas encore engager la conversation avec moi, ne fût-ce que pour commenter le beau temps et la venue prochaine de l'été. Malgré les excellentes références que Madame Gervais m'attribuait, je n'étais qu'un nouveau venu, un étranger de passage qui repartirait peut-être demain...

Je m'assoyais une heure ou deux sur un banc du parc, parfois avec un livre que je n'ouvrais jamais car j'avais grand plaisir à regarder vivre Montbrûlis et à écouter les bribes des discussions animées des flâneurs ou les conseils que se prodiguaient mutuellement les nouvelles mamans qui promenaient dans des poussettes leurs bébés endormis.

Un vieux monsieur y venait presque aussi souvent que moi. Il suivait à pas lents l'allée qui longeait les limites du parc, absorbé dans un interminable discours silencieux qui faisait trembler ses lèvres. Il ne saluait personne, ne s'approchait jamais d'un groupe ni ne s'assoyait sur un banc pour se reposer. Ayant achevé sa petite promenade, il repartait vers la pension *Les Mélèzes*, à quelques centaines de mètres à l'ouest de l'église.

Je ne fus pas peu surpris quand, un jour, il s'arrêta devant moi et, se présentant très courtoisement, me demanda la permission de partager mon banc. Avait-il pressenti que j'étais un étranger comme lui, un isolé?

Il crut bon de préciser qu'il habitait Montbrûlis depuis trois ans. Un ami lui avait fait connaître la villa *Les Mélèzes.*

— Une excellente pension, ajouta-t-il, une pension à l'ancienne mode. Deux dames ont acheté cette grande maison que vous pouvez entrevoir à la droite de l'église. Elles l'ont entièrement rénovée pour y accueillir quelques pensionnaires retraités... comme moi. Les chambres sont spacieuses et confortables. La nourriture est savoureuse et bien équilibrée. Un grand salon permet aux pensionnaires de se rencontrer mais je n'y vais presque jamais car je n'aime pas les parties de cartes ni les radotages. Quand il fait beau temps, je préfère m'asseoir dans le jardin, regarder les fleurs et écouter les oiseaux...

Ce fut tout ce que j'appris de lui. Jamais plus, il ne parla de lui-même ou de quelque événement de sa vie. Aucune allusion à un mariage, à une famille, à une parenté quelque part. Nulle mention d'une carrière. Son langage châtié, un peu précieux, trahissait une solide culture classique à l'ancienne. Avait-il voyagé à l'étranger? J'ai tenté, à plusieurs reprises, de l'amener à évoquer quelques souvenirs de pays où il aurait voyagé: la France, l'Angleterre, l'Italie ou les États-Unis. Il m'écoutait poliment, ennuyé, attiré sans doute par d'autres paysages, lointains et étranges.

À l'écouter monologuer devant moi, je me convainquis qu'à un moment de son existence, à la suite de quelque événement tragique, il avait effacé son passé afin de survivre, par l'oubli absolu, à des malheurs trop grands.

Par la suite, dès qu'il m'apercevait, il venait vers moi, me saluait aimablement et me demandait toujours la permission de partager mon banc. Après quelques remarques sur la température, il amorçait un long monologue passionné. Je tentais quelquefois de l'interrompre, désireux de nuancer tel ou tel point de son discours. Il me laissait placer mon petit bout de phrase et reprenait à la syllabe précise où j'étais intervenu sans prêter aucune attention à ce que j'avais insinué. Il n'était pas intéressé à mesurer ses idées aux miennes. Je crois plutôt qu'il cherchait à exprimer quelque chose qui l'oppressait et il ne voulait qu'être écouté. À mesure qu'il progressait dans son exposé, qui était toujours le même, il devenait fébrile. Quand il avait terminé, il jetait un regard sur sa montre, se levait et s'excusait de devoir retourner à la pension. Il me saluait et quittait, frêle silhouette à la démarche légèrement hésitante, pour retrouver la douloureuse solitude qui l'appelait.

Comme les discours que nous étudiions au collège, son monologue était structuré sur le modèle du syllogisme classique! Le contenu et l'argument étaient invariables: les malheurs de notre temps avaient pour cause l'abandon des valeurs morales et religieuses traditionnelles; cet abandon avait été préparé par une vaste conspiration à laquelle

15

participaient la Franc-maçonnerie, la Hiérarchie catholique, le Marxisme-Léninisme, les Multinationales, le Sionisme et l'Intégrisme islamique. Avec une logique fausse mais dévastatrice, il déformait les faits, tout en multipliant les allusions à de mystérieux organismes invisibles avec lesquels il était en contact. Il étalait des preuves empruntées à des révélations confiées à des «âmes choisies» par la Vierge et d'autres êtres célestes. Il rappelait d'étranges prophéties apocalyptiques puisées dans des œuvres ésotériques que des êtres mystérieux venaient lui lire la nuit, quand il ne dormait pas.

Je me tus à la fin, m'efforçant d'entendre sans écouter. Monsieur Fafard, car tel était son nom, avait perdu tout son passé réel, ses souvenirs, ses appartenances, ses travaux, ses peines et ses joies; tout ce dont il s'était servi pour définir sa place dans le monde. Tout cela lui avait été arraché un jour. Alors, il avait commencé à élaborer une nouvelle compréhension du monde, une nouvelle vision de son existence, une nouvelle raison de ne pas mourir qu'il défendait avec une violence désespérée. Si cette dernière vision lui était enlevée, elle aussi, il ne lui resterait plus qu'à sombrer.

* *
*

Le clairon de la vallée était le petit hebdomadaire de la région que publiait Phil Tougas. Je m'en moquais auprès de mes voisins qui, eux, le lisaient attentivement. Chaque semaine, il offrait le même menu: convocations d'assemblée, activités des COPAINS EN OR, affaires municipales et scolaires, campagnes de bienfaisance, événements sociaux, religieux et sportifs. De temps à autre, quand il restait de l'espace à combler, il consentait à publier des lettres de lecteurs ou de lectrices. Phil Tougas écrivait très bien mais la mise en page de son journal était cahoteuse. De superbes méprises ne manquaient pas de réjouir et d'irriter en même temps les lecteurs. Les titres pouvaient sembler être distribués au hasard, et les photos de personnalités récemment décédées ne correspondaient pas nécessairement à la notice nécrologique qui les accompagnait. Il arrivait que l'on cherchât en vain la suite d'un article rogné par les exigences de la publicité.

Je fus très surpris de voir Monsieur Fafard s'intéresser à notre journal local. Un jour qu'il m'avait précédé dans le parc, je le vis lire attentivement une copie du *Clairon*. Quand je m'approchai, il la replia et se leva pour m'accueillir. Il ne fit cependant aucune allusion à sa lecture.

Lors de nos rencontres suivantes, je remarquai qu'il était très agité. Il semblait excité par l'attente d'un événement qui devait revêtir une très grande importance pour lui. À la fin, sans que je le questionne, il me révéla, à la condition que je garde le secret, le projet qu'il avait conçu et qu'il se préparait à réaliser.

Il travaillait à la rédaction d'une lettre dans laquelle il dénonçait la conspiration mondiale dont il m'avait entretenu si souvent. Il la destinait à notre petit hebdomadaire. Il était confiant que le remous causé par cette lettre ne manquerait pas d'éveiller la curiosité des autres journaux. Le mouvement gagnerait les grands périodiques et, finalement, tous les journaux du monde. Ainsi, l'humanité entière serait enfin avertie du danger qui la menaçait et opérerait le virage qui assurerait son salut.

Je fus abasourdi. *Le Clairon* publierait probablement sa lettre mais le retentissement serait tout autre que celui qu'il attendait. Le sachant très fragile, je ne voulus pas le précipiter dans une crise psychologique qui pouvait lui être néfaste. Avec beaucoup de précautions, j'avançai quelques réserves et suggérai de retarder la réalisation de son projet de quelques semaines, voire de quelques mois. Il ne parut pas m'entendre.

Je dus m'absenter de Montbrûlis plusieurs jours. À mon retour, je trouvai dans mon courrier des exemplaires du *Clairon* que je feuilletai distraitement. Je fus étonné de découvrir la lettre de Monsieur Fafard, en page trois, sous la chronique d'histoire du comté que Fabiola Jasmin commettait de temps à autre. Je voulus lire la lettre de Monsieur Fafard. Je dus renoncer.

Elle était incompréhensible. Que s'était-il passé? La distraction, l'inattention ou l'incompétence crasse de l'imprimeur, je le crus, avaient entremêlé plusieurs paragraphes des deux articles, les transformant en une farce cocasse. Fabiola Jasmin, à ce que j'ai cru comprendre, avait raconté l'histoire des concours de labour dans le comté. Elle devait avoir terminé son texte en souhaitant que ces concours qui avaient tant contribué à l'essor de l'agriculture dans le comté, renaissent et inspirent à nouveau les producteurs agricoles. Mais le lecteur moyen, cherchant le fil de ces deux articles confondus, finirait par comprendre qu'une vaste conspiration internationale s'était formée pour combattre les concours de labour qui étaient une valeur chrétienne essentielle, nécessaire à l'économie de notre région...

Fabiola Jasmin qui appartenait à une vieille famille de Montbrûlis, ayant du bien et de l'influence, exigerait des excuses et obtiendrait une seconde publication de son texte. Monsieur Fafard était incapable d'entreprendre une telle démarche. Il avait brûlé toutes ses forces dans la composition de ce pauvre texte qui décrivait son univers intérieur, ses espérances, les raisons pour lesquelles il se battait contre la mort. Même si, à nos yeux, cet univers était une illusion, c'était le dernier qui lui restait. Sa lettre avait été distraitement sabotée. Il ne le comprendrait pas. Il y verrait plutôt la victoire de la coalition qu'il avait voulu dénoncer et l'échec ultime de sa vie.

Le lendemain, je me rendis au parc à l'heure où nous nous y rencontrions. Je voulais le revoir et tenter de lui expliquer. Il tarda. J'hésitais; fallait-il attendre encore ou aller lui rendre visite à la pension? J'allais me lever de mon banc quand une ambulance arriva à toute vitesse dans la rue Principale et vint s'arrêter à la porte des *Mélèzes*. En grande hâte, on y embarqua une civière. L'ambulance repartit vers Québec en hurlant. Je fus certain qu'on amenait Monsieur Fafard. Le soir, Joël Archambault m'apprit sa mort.

Je me suis efforcé de reconstituer pour moi seul la lettre de Monsieur Fafard. Je voulais qu'il ait eu au moins un lecteur.

LES OISEAUX ASSASSINÉS

*L*a mort malheureuse de Monsieur Fafard m'avait dressé contre Montbrûlis et le *Clairon*. J'en voulais à ce village qui ignorait les nouveaux venus et les refoulait à leur solitude. Je commençais même à regretter d'être venu m'y établir. Pendant quelque temps, je m'interdis de retourner au parc, limitant mes sorties aux plus urgentes nécessités.

Avant-hier, en revenant du comptoir postal, j'ai croisé le notaire Quirion. Il m'a salué très aimablement tout en s'enquérant de mes difficultés d'intégration à Montbrûlis. Comme j'hésitais à répondre, il reprit:

— Une tragédie déconcerte. Elle surprend. Elle révolte. Nous croyions qu'elle était le lot des dieux, des princes et des grands industriels, alors que nous la côtoyons chaque jour au moment où elle traverse la vie quotidienne des gens que nous connaissons et aimons...

Croyez-moi, mon cher Maxime, depuis près de cinquante ans que j'habite Montbrûlis, j'y ai connu plus de tragédies et de hautes comédies que les romanciers, les auteurs dramatiques et les poètes que j'ai étudiés au séminaire n'en ont inventées. Mais personne ne raconte jamais ces drames... car ce sont les tragédies des pauvres.

Je le trouvai très aimable mais agaçant. Néanmoins le soir, chez moi, j'écrivis le récit de la ruine du dernier espoir de Monsieur Fafard, qui fut suivi, quelques semaines plus tard par celui de la mort des oiseaux de Gaudias Boivin.

* *

*

Gaudias Boivin avait hérité de son père un petit terrain le long de la vieille route qui, des limites de Montbrûlis, se faufilait vers Saint-Octave, entre les fermes pierreuses et mal drainées, abandonnées depuis longtemps par les colons qui avaient tenté de les défricher.

Il s'y était construit une maisonnette flanquée d'une remise dans laquelle il passait la plus grande partie de ses journées. Chaque mur de la maisonnette avait été peint de sa couleur propre, y compris les fenêtres, les embrasures et les corniches: l'avant était rouge écarlate, le côté du couchant était orange tirant vers l'or, l'arrière qui regardait les champs, vert sombre tandis que le côté du levant était bleu tendre. La remise avait aussi reçu sa part de ces couleurs mais en larges bandes horizontales qui l'entouraient comme des rubans de satin passé. Enfin, Gaudias avait délimité son terrain avec une clôture de planchettes dressées qui répétaient dans l'ordre les couleurs de la maisonnette.

Il venait à Montbrûlis une ou deux fois par mois, toujours vêtu des mêmes hardes, la barbe malpropre, laissant traîner derrière lui des relents de linge sale, de vieux bois et de peinture. Il se rendait d'abord à la Caisse déposer le chèque de sécurité du revenu des personnes âgées qui assurait sa subsistance et retirer un peu de monnaie pour payer ses achats. Il s'arrêtait ensuite à l'épicerie où il achetait toujours les mêmes denrées: des pois, du thé, du lard salé, de la farine, de la mélasse, des pommes de terre et du lait condensé. Il les enfouissait dans un vieux sac à dos qu'il avait trimbalé de chantier en chantier au temps de sa jeunesse. Sortant de l'épicerie, il entrait à la *Quincaillerie du village* où il passait beaucoup de temps à choisir un outil ou des pinceaux et de la peinture, beaucoup de peinture. Il réclamait des teintes fortes, tranchées et puissantes: de gros rouges, des verts abyssaux, des bleus froids et des jaunes ardents.

Au village, Gaudias Boivin passait pour un vieux fou sans méchanceté. Pourtant, il était à sa manière une sorte d'artiste naïf, enfermé dans un univers étrange où il donnait librement forme à ses rêves de grand enfant. Un *patenteux!*

Un peu partout, sur son terrain, il avait fiché en terre des perches qui soutenaient d'étranges oiseaux dont les ailes tournoyaient à tout vent. Il leur avait minutieusement dessiné des plumages bariolés de couleurs qu'il avait créées en mêlant des restes de peintures. Sous les oiseaux, entre les perches, courait sur place une troupe de nains qui semblaient échappés des livres de contes pour enfants, qui accéléraient ou ralentissaient la danse de leurs pattes de bois selon les caprices des vents. Gaudias les avait habillés de costumes empruntés à quelque moyen-âge légendaire connu de lui seul, et taillés dans des couleurs criardes. Affublés de barbes bleues ou vertes, les nains couraient autour de la maisonnette comme de vieux enfants échappés d'une boîte de jouets.

Dans l'arrière-cour, Gaudias avait dressé une vieille baignoire qu'il avait peinte en bleu et enfoncée solidement dans le sol. Il en avait fait une niche pour une statue de la Vierge affublée d'un manteau rose sur lequel il avait semé des étoiles bleues, vertes, et rouges, étranges fleurs célestes. Il avait rassemblé autour de la Vierge une cour d'anges aux ailes déployées, roses et jaunes, solennels et colériques, armés de lances et d'épées empruntées à de vieux balais, prêts à défendre leur reine contre les attaques des grands dragons.

Les beaux dimanches, quand les familles allaient visiter des parents à Saint-Octave ou dans les rangs du sud, avec les enfants dans la voiture, elles empruntaient la vieille route et s'arrêtaient devant le terrain de Boivin. Les enfants ne finissaient pas de s'émerveiller et de se disputer sur le nombre des oiseaux et des nains qu'ils comptaient, car il en ajoutait parfois un ou deux, éclos dans sa remise, ou faisait venir du ciel quelque nouvel ange pour le service de la Vierge, ou amenait des nouveaux compagnons à ses nains épuisés de courir d'un oiseau à l'autre pour les retenir au sol.

Peu de temps après mon arrivée à Montbrûlis, un monsieur très aimable et très poli qui avait l'air d'un artiste, vint au village et s'informa auprès de Beauchemin, le garagiste, du chemin de la maison de Gaudias Boivin. On sut, le lendemain, qu'il avait garé, très longtemps, sa voiture devant la maison, et qu'il avait pris beaucoup de photographies. On sourit, car il n'y avait que les gens des villes pour s'intéresser ainsi aux *patentes* de Gaudias.

Quelques semaines plus tard, la camionnette d'une station de télévision de Québec vint s'arrêter à son tour devant la maison de Boivin. Deux hommes en sortirent et examinèrent longuement la maison, les environs immédiats et le paysage éloigné. Ils arpentèrent la route devant la maison et firent quelques incursions dans les champs avoisinants tout en discutant entre eux. Ils s'arrêtaient souvent pour encadrer, devant leurs yeux, à l'aide de leurs mains, des paysages ou quelques oiseaux de l'étrange volière qu'ils venaient de découvrir et qui les fascinait.

Boivin sortit de la remise pour les observer, soucieux qu'ils ne touchent à rien et laissent ses oiseaux poursuivre leur envol vers les contrées imaginaires où il les envoyait. Les hommes l'aperçurent et vinrent à lui. Il accepta de leur parler devant la porte de la remise, car il ne permettait à personne d'entrer chez lui.

Des passants les virent discuter longuement avec beaucoup de gestes, des piétinements, des allées et venues dans le champ des oiseaux. À la fin, Gaudias parut accepter. Un des hommes revint à la camionnette chercher quelques papiers pendant que Gaudias entrait chez lui à la recherche d'une vieille paire de lunettes dont il se servait une ou deux fois par année. Les hommes lui expliquèrent mot à mot le contenu de ce qui semblait un contrat. Gaudias se décida à le signer. Les hommes lui donnèrent la main et le quittèrent. La camionnette démarra et Gaudias retourna à sa remise.

La présence de la camionnette d'une station de télévision bien connue devant la maison de Gaudias avait intrigué beaucoup de curieux. On élabora une foule d'hypothèses toutes plus farfelues les unes que les autres. Mais comme personne n'osait aller questionner Boivin lui-même, on renonça à comprendre et on se tourna vers autre chose.

Il revint à Rosalie Turcotte, la plus fervente dévote de la télévision de tout Montbrûlis, de proclamer la nouvelle. Depuis son veuvage, elle consacrait les heures creuses que lui laissait le service de son appareil, à la lecture des petits journaux voués au culte des vedettes, qui avaient remplacé les nombreuses annales religieuses, consolation de ses soirées d'épouse solitaire et fidèle. Elle dénicha, au bas d'une page de l'un d'entre eux, l'annonce qu'à la reprise d'automne, la populaire série d'émissions télévisées *De tout pour faire un monde* présenterait un reportage entièrement consacré à la maisonnette et aux oiseaux de Gaudias Boivin.

Et, en effet, la semaine suivante, deux camions de la station de télévision, accompagnés de quelques voitures pleines de techniciens, de cameramen, de recherchistes et d'animateurs se présentaient à Montbrûlis. Pendant deux jours, tout ce monde s'affaira autour de Gaudias et de ses oiseaux.

Bien entendu, on vit plusieurs «personnalités», ou se prétendant telles, tourner autour des gens de la télévision, offrant de parler de «leur ami Gaudias» et de l'estime qu'elles avaient toujours nourrie pour ses «créations si originales et si émouvantes». Elles oubliaient que, la veille, elles avaient lancé quelques pointes bien «senties» sur l'odeur que Gaudias Boivin dégageait quand on le croisait à l'épicerie, laissant clairement entendre qu'il était grand temps qu'on l'amène au Centre d'accueil et qu'on débarrasse Montbrûlis de cette volière ridicule qui lui valait les sarcasmes de toute la région.

Le reportage, sous le titre *Les oiseaux du paradis*, fut présenté à la télévision vers la mi-septembre. Il avait été remarquablement conçu. Se succédaient sans heurt plans d'ensemble, gros plans, perspectives lointaines du paysage qui préparaient l'examen détaillé de plusieurs créations de Gaudias et révélaient l'étrange et fascinante beauté des «oiseaux du paradis». Le commentaire des images était intelligent et sensible. La recherchiste avait dégagé les thèmes propres aux œuvres de Gaudias et souligné leur parenté avec les thèmes universels de l'art naïf du monde entier. Elle terminait en évoquant l'originalité et la puissance de l'art populaire du Québec dont Gaudias Boivin, découvert par l'émission *De tout pour faire un monde*, était l'un des représentants les plus remarquables.

Boivin avait probablement oublié la visite des cars de télévision. Avait-il même compris quelque chose à ce que ces hommes étranges étaient venus faire autour de sa maison? Il n'avait jamais possédé un appareil de télévision. Cela ne l'intéressait pas. Il s'était toujours couché au soir tombant. Il ne sut rien du reportage qui fut diffusé sur ses oiseaux et sa maisonnette. Il reçut donc très mal l'avant-garde de la foule des curieux qui commença à déferler vers sa volière et ses nains dès le lendemain.

Le dimanche suivant, ce fut l'invasion. La route de

Saint-Octave commença à ressembler à une rue encombrée et défoncée de grande ville. Les amateurs d'images se bousculaient, appareil de photographie ou caméscope au poing, à la recherche de plans et de perspectives inédits. Ils ne se contentèrent pas de camper le long de la route devant la maisonnette mais débordèrent sur le terrain de Gaudias, circulant entre les perches et les nains, reluquant la Vierge rose au nez des anges impuissants à la défendre. Des enfants couraient partout. Ils ébranlaient les perches pour faire tomber les oiseaux ou exigeaient d'être hissés sur les épaules de leur père afin de caresser les plumages bariolés.

Quelques camionnettes de gars et de filles à moitié nus, puant la sueur et l'huile à bronzer, s'arrêtèrent par flânerie. Les occupants débarquèrent, canette de bière à la main, laissant les appareils de radio ouverts à pleine force déverser une musique putride et gluante qui empoisonna le reste de l'après-midi. Le jardin de Gaudias commença à ressembler à un terrain de foire piétiné, souillé par les canettes vides abandonnées un peu partout parmi les sacs de croustilles et les enveloppes de bâtons glacés que les enfants dispersaient dans tous les coins. D'inéluctables «comiques» crurent qu'il serait plus drôle de faire tourner les ailes des oiseaux à la main plutôt que d'attendre que le vent s'en charge. On improvisa des concours de vitesse et des oiseaux furent cassés. On en rit. Quant aux enfants, ils s'acharnèrent sur les nains qui devinrent rapidement estropiés, cassant leurs jambes à s'efforcer de suivre une course qu'ils ne pouvaient gagner.

Effrayé par l'invasion, incapable de comprendre ce qui lui arrivait et pourquoi, Gaudias s'était barricadé dans sa maison après avoir tenté en vain, à l'arrivée des premières voitures, de refouler les gens vers la route. Il avait eu beau crier de ne toucher à rien, de laisser les oiseaux battre des ailes librement et les nains courir où ils le voulaient, il n'avait pu protéger l'univers fragile que ses rêves avaient créé. Désespéré, humilié par les moqueurs qui le traitaient de vieux fou malpropre, il s'était enfermé dans la cave.

On ne le revit que le soir tombé. Il marcha lentement entre les oiseaux abattus, caressant au passage la tête des nains infirmes pour les consoler. Il tenta de redresser quelques perches. En vain, il chercha les plus flamboyants de ses oiseaux. Ils avaient discrètement disparu quand la foule avait reflué. Il cueillit, çà et là, des restes d'ailes fracassées et piétinées.

Tard dans la nuit, des résidents de Saint-Octave qui revenaient chez eux, remarquèrent que toutes les lumières de la maison étaient allumées. Dans les lueurs qui tombaient des fenêtres sur le jardin ruiné, ils virent Gaudias ramasser les débris de ses oiseaux de paradis, les nains éclopés et les anges protecteurs de la Vierge dépouillés de leurs armes. Il entassait tout ce qu'il retrouvait, dans la maison qui, avec sa porte ouverte dans la nuit, ressemblait vaguement à une fournaise.

Que s'est-il passé ensuite? On ne le saura jamais. À l'aube, une étouffante odeur de fumée envahit Montbrûlis. On alerta les pompiers volontaires. La sirène lança un long cri déchirant qui réveilla les habitants du village pour annoncer une tragédie atroce.

La maisonnette de Gaudias Boivin flambait. On ne pouvait rien arracher aux flammes. Quand le toit et les murs s'écroulèrent, on crut voir, mêlés aux gerbes d'étincelles qui jaillissaient, de grands oiseaux s'envoler dans le ciel de l'aube.

On chercha en vain Gaudias. La Sûreté fut alertée et mit les routes sous surveillance. Quand on fouilla les décombres quelques jours plus tard, on crut retrouver de pauvres restes humains recroquevillés, anéantis sous le poids d'un désespoir infini.

LA GRANDE QUERELLE

A près quelques jours, on ne parla plus du massacre des oiseaux de Gaudias Boivin ni de l'incendie de sa maisonnette dans lequel il avait péri. Je ne crois pas que ce fut par indifférence. Je soupçonne qu'une secrète terreur gagna peu à peu les consciences.

Montbrûlis s'absorba dans sa morosité. Les boisés s'efforcèrent de dresser un décor de fête automnale mais de grandes pluies froides, poussées par des vents hargneux, ruinèrent les somptueuses tapisseries des arbres.

Je ne sortais presque plus. Je venais de découvrir le nombre impressionnant de livres que je m'étais promis de lire. Mes soirées et les premières heures de la nuit étaient réservées à la lecture. Le jour, je griffonnais, au hasard des heures, de vagues projets d'articles auxquels je ne donnais jamais suite. L'ennui me guettait.

Madame Gervais, entre deux coups de vadrouille, laissa tomber un jour: «Ça prendrait une grosse chicane pour réveiller tout le monde...»

Elle vint, et j'ai voulu la raconter. Je ne connais pas

tous les faits et gestes. J'ai recueilli à droite et à gauche beaucoup de détails et j'en ai inventés plusieurs.

$$* \quad *$$
$$*$$

Le club social des aînés de Montbrûlis, LES COPAINS EN OR, jouissait d'une réputation extraordinaire. On le considérait comme le modèle achevé de ce que devait être une amicale réunissant des aînés. Ses membres, en toute circonstance, manifestaient un enthousiasme désarmant. Les activités de loisirs, les rencontres amicales, sorties en groupe, œuvres à caractère social rassemblaient toujours un grand nombre de participants affichant la bonne humeur de circonstance. Quand ils entonnaient leur chanson-fétiche pour annoncer leur arrivée dans un rassemblement ou conclure avec entrain une activité qui s'éternisait, on était entraîné malgré soi à reprendre en chœur avec eux:

Ils sont en or, ils sont en or!
Ils sont en or, ces copains-là!
Y'en n'a pas dans l'Canada
Des copains comme ceux-là!
Ils sont en or, ils sont en or!

Cependant, sous cette apparence «de franche cordialité, de bonne entente et de joie de vivre», l'observateur attentif pouvait deviner de l'affectation, de la surenchère; on riait trop fort au récit de vieilles blagues usées à la corde, le «dans-notre-temps» était trop manifestement embelli, la recherche de la gaieté et de la chaleur amicale était trop systématique. Même la participation aux activités les plus courues semblait secrètement entachée d'un ennui de pensionnaire de collège ou de couvent obligé de prendre part aux loisirs déterminés par le surveillant de la cour de récréation. Le même observateur aurait été ahuri d'entendre ceux et celles qui venaient d'applaudir à tout rompre à l'évocation de l'amitié qui unissait «les-copains-en-or», se gausser, après un verre ou deux, de remarques acerbes et malicieuses, de moqueries vicieuses à l'endroit des copains et copines avec lesquels ils venaient de passer une heure au local du club.

*　*

*

LES COPAINS EN OR avaient loué une grande salle au sous-sol de l'église dont ils avaient fait le centre de leurs activités. En plus d'y tenir leurs assemblées mensuelles, ils y préparaient les sorties en groupe, accueillaient des conférenciers et y donnaient une foule de petites fêtes. Tous les après-midi, les aînés pouvaient venir au local pour y jouer aux cartes, prendre une tasse de café instantané sans saveur, sucré à l'édulcorant et teinté de colorant, perdre du temps à discuter de tout et de rien et s'évader quelques heures de leur solitude et de leur ennui.

Un après-midi de février, froid et bleu, Aimé Séguin, président du club, et Angéline Lamontagne, son amie, partageaient une table avec Marie-Ange Robidoux et Hormidas Leduc. On y jouait au *cinq-cent* et Marie-Ange cachait de plus en plus mal sa mauvaise humeur et son impatience. Elle détestait perdre. Non seulement venait-elle de perdre deux parties à la suite, à cause des distractions de Leduc, mais elle redoutait qu'Aimé Séguin et Angéline Lamontagne n'aillent «découdre» son option de neuf-sans-atout, en emportant la troisième partie, et les envoient à *Chicago*. Les regards vides de Séguin et de son amie l'agaçaient. Elle avait la conviction qu'ils s'échangeaient ainsi les signaux qui annonçaient leur coup. Elle les accusait secrètement de tricher... et de beaucoup d'autres choses dont elle n'avait pas la preuve, mais qu'elle flairait.

En effet, Aimé et Angéline remportèrent la levée sur une mauvaise carte jouée par Leduc. Séguin fit mine de s'absorber dans ses cartes un court instant puis, regardant froidement Angéline, il déposa sur la table une carte faible que ni Marie-Ange, ni Hormidas ne pouvaient battre puisque Angéline, avec un sourire gracieux, la couvrit du roi caché dans son jeu. Marie-Ange et Hormidas perdaient la partie et se faisaient honteusement *blanchir*.

— Je ne joue plus, cria Marie-Ange en lançant ses cartes sur la table. Je ne veux plus jouer avec des tricheurs!

— Marie-Ange! répondit calmement Angéline, nous n'avons pas triché! Vous n'avez pas eu de jeu, ça arrive...

— Pas de jeu? Penses-tu que je n'ai pas vu vos petits signes innocents? Tout au long de la partie, vous avez échangé des petits sourires, des petits clins d'œil, des petits jeux de doigts sur la table, des petits soupirs et des petites toux... Je ne suis pas folle!

— Marie-Ange, interrompit Séguin, tu chavires. On n'a pas triché. On a été chanceux, c'est tout!

— Chanceux? Tu appelles ça de la chance? Moi, j'appelle ça de la tricherie! La tricherie des Séguin! Votre argent, vous l'avez gagné en trichant. Les gros contrats que vous avez décrochés, c'est encore en trichant! C'est toujours en trichant! Vous menez tout le village avec de la tricherie, encore aujourd'hui!

— Prends pas ça comme ça, avança timidement Angéline.

— Toi, tu es devenue aussi tricheuse que les Séguin. Vous deux, ensemble, vous trichez tellement qu'il n'y a plus moyen de jouer une partie de cartes honnête, ici! Et je ne suis pas la seule à le dire...

— Écoute-moi, Marie-Ange... commença Aimé Séguin.

— Non! je ne t'écouterai pas, Aimé Séguin! Cela fait trop longtemps qu'on vous écoute et qu'on vous regarde mener le monde par le bout du nez. Vous ne laissez jamais de chance à personne d'autre qu'à un ami des Séguin. Vous n'acceptez jamais les idées des autres. Vous mettez la main sur tout et personne ne peut rien faire sans votre permission. On en a assez! Autant les gens du village que les membres de notre club! Vous êtes partout! Au conseil de la Fabrique, au conseil de la Caisse, dans les affaires de la municipalité, dans la coopérative, dans les assurances et dans le commerce! Vous nous tenez tous à la gorge!

— Marie-Ange, murmura Angéline, tu ne penses pas ce que tu dis...

— Oui, je le pense! Et bien d'autres choses encore! Ne m'oblige pas à les dire. Ne pense pas que je n'ai pas les yeux ouverts et que je ne devine pas... certaines choses, Angéline Lamontagne!

Aimé Séguin avait blêmi tandis que des larmes coulaient

lentement des yeux d'Angéline. Marie-Ange ramassa son sac à main, se leva et lança au moment de partir: «Il va falloir que ça change dans le club. Ça ne peut plus durer comme ça. On est plusieurs à en avoir assez des Séguin. Qu'ils laissent la place aux autres.»

Un silence gêné s'était rapidement établi dans le local des copains et avait paralysé tous ceux qui s'y trouvaient. Après le départ de Marie-Ange, personne n'avait le goût de renouer les conversations ou de terminer les parties de cartes qui avaient perdu tout intérêt. Les verres de café refroidi furent abandonnés sur les tables et on commença à quitter le local par petits groupes.

*　*
*

Rentrée chez elle, Marie-Ange n'eut rien de plus pressé que de multiplier les appels téléphoniques auprès de ses amies intimes afin de leur raconter sa version de l'incident. D'appel en appel, elle ajoutait de nouveaux détails, inventés de toute pièce, qui justifiaient sa violente indignation devant ce qu'elle appelait la «honteuse tricherie» d'Aimé Séguin qui, par ses «manœuvres indignes d'un président», minait le «climat d'amitié et de cordialité» du club.

À ses amies qui ne manquaient pas de la supplier de présenter sa candidature à la présidence car «elle aimait tellement le club et lui était si généreusement dévouée qu'elle serait une *présidente en or* pour les COPAINS EN OR!», elle répondait invariablement, après quelques instants d'hésitation: «Laisse-moi réfléchir...»

36

Les amies de Marie-Ange répandirent à leur tour dans leur entourage, chez leurs parents et amis, la version des faits dont elle avait fourni adroitement les grandes lignes. Elles ne manquèrent pas d'ajouter au dossier noir d'Aimé Séguin quelques doutes sur son honnêteté et sur les relations qu'il entretenait avec Angéline Lamontagne, laissant entendre que cette relation avait fait naître un malaise grandissant parmi les Copains... Elles affirmaient que Séguin commençait à redouter la candidature de Marie-Ange («non! elle n'avait pas dit qu'elle était candidate! elle l'avait seulement laissé entendre à ses amies les plus intimes!»), et qu'il pouvait bien avoir provoqué avec l'aide d'Angéline cet incident afin d'humilier Marie-Ange et la déprécier devant tous les membres du club.

Quant à Aimé Séguin, il ne doutait plus que Marie-Ange venait de lancer une féroce campagne pour lui enlever la présidence du club. Il ne tenait pas plus qu'il ne le fallait à la présidence des COPAINS EN OR, mais, s'il devait la quitter, il voulait que ce soit la tête haute, à la suite d'une véritable campagne et d'une élection honnête et non dans un contexte de bagarre de commères.

Il commença à contacter ceux qu'il savait être ses partisans les plus fidèles et prit beaucoup de temps à leur expliquer l'incident qui avait suscité la fureur et les manœuvres de Marie-Ange. Sans rien imposer, il énumérait un certain nombre d'arguments qui pourraient être utilisés dans les discussions et les disputes qui allaient secouer les relations entre les membres dans les semaines à venir: l'honnêteté de son administration, son habileté à résoudre les conflits qui surgissaient continuellement entre les

membres, les programmes d'activités et la bonne renommée du club que l'on donnait en exemple partout dans la
Province.

À ses amis plus intimes, il ne manquait pas de rappeler
que les Robidoux n'avaient jamais cessé d'introduire un
esprit de chicane dans toutes les affaires auxquelles ils
avaient été mêlés: dans l'administration municipale comme
dans celle de la Fabrique, à la Caisse comme à la chorale
paroissiale, dans le service des loisirs et dans la Commission
scolaire. «Les Robidoux aiment les disputes, répétait-il. Ils
aiment les provoquer. Ils s'en délectent. Ils les racontent en
s'en glorifiant. Jusqu'à ce jour, les COPAINS EN OR ont été
le seul organisme à échapper à leurs intrigues. Il ne faut
pas les laisser prendre pied dans le club. Ils seraient capables de le détruire en trois mois.»

* *
*

Je n'étais plus tout à fait un nouveau venu à Montbrûlis,
mais je m'expliquais mal cette grogne qui gagnait la
population du village habituellement si calme. Je m'en
ouvris au notaire Quirion qui leva les bras au ciel: «Les
rivalités entre les Séguin et les Robidoux s'enracinent
dans la nuit des temps, c'est-à-dire à LAURIER, à WILFRID
LAURIER lui-même. Laissez-moi vous raconter:

«Les Séguin s'étaient alliés au libéraux de Laurier
qu'ils vénéraient comme un envoyé, un prophète, descendu
du ciel pour sauver le Canada. Ils en avaient reçu, pour
leur attachement au Parti, une magnifique photographie

dédicacée de la main de Laurier qui, dans la cuisine familiale, remplaça l'image de la Sainte Famille. Je crois bien
qu'ils récitaient la prière du soir en famille et le chapelet,
agenouillés devant la photographie de Laurier. À chaque
génération, ils ont toujours prénommé un ou deux de
leurs garçons Laurier. Dans la paroisse et le village de
Montbrûlis, ils étaient les agents officiels du Parti libéral.
Pour avoir l'oreille du député, il fallait avoir l'oreille des
Séguin. Et comme Laurier fut premier ministre de 1896 à
1911, imaginez, mon cher Maxime, la pesanteur de la domination des Séguin sur Montbrûlis.

«Quant aux Robidoux, qui étaient *bleus* depuis le temps
du Bas-Canada et de Sir George Étienne Cartier, ils étaient
les farouches ennemis de Laurier qu'ils tenaient responsa-
bles de tous les désastres qui ne cessaient, disaient-ils, de
s'abattre sur le Canada depuis son élection: mauvaises ré-
coltes, sécheresses, gelées hâtives ou tardives, épizooties,
feux de forêt et déluges pendant le temps des sucres.

«Bien sûr, Laurier est mort et oublié des deux familles,
mais la rivalité a persisté, transmise d'une génération à
l'autre. Tout peut servir de prétexte à la raviver: un siège au
conseil municipal, une place sur le banc des marguilliers,
un beau mariage, des enfants qui réussissent mieux à
l'école, des garçons à établir et des filles à marier... On a
tout à fait oublié la raison de cet acharnement des uns
contre les autres mais on le conserve comme un devoir
sacré. Il y a de longues périodes au cours desquelles l'animosité semble dormir. Mais elle ne manque jamais de se
réveiller à la première occasion.»

* *
*

De part et d'autre, on guettait l'occasion du véritable engagement. Elle fut offerte, au début du mois de mars, par une lettre du Conseil de la Fabrique de la paroisse Sainte-Edmée-de-Montbrûlis qui annonçait aux COPAINS EN OR que le loyer de la salle qu'ils occupaient serait substantiellement augmenté et que la Fabrique refusait de s'engager dans un contrat de location prolongée.

Le président Séguin était obligé de consulter les membres du club au cours d'une assemblée générale avant d'engager le conseil exécutif dans une prise de décision qui promettait d'être difficile. Si les membres choisissaient de continuer de se réunir dans le local que leur louait la Fabrique, ils devraient supporter une hausse importante de leurs cotisations annuelles. Séguin savait que les plus anciens membres du club étaient attachés à ce local même s'ils se plaignaient de plusieurs inconvénients: humidité, mauvaise aération, malpropreté de l'unique toilette, difficulté d'accès pendant les mois d'hiver. Accepteraient-ils cependant de déménager dans un nouveau local et de redéfinir une foule d'habitudes?

Il était conscient que cette assemblée offrait aux amis et amies de Marie-Ange Robidoux l'occasion rêvée de le contester et de réclamer sa démission. Mais il ne pouvait éviter l'affrontement car le temps pressait et la Fabrique exigeait une réponse avant la fin du mois. Ses partisans étaient plus nombreux que ceux de Marie-Ange, mais ils

40

détestaient les disputes et intervenaient rarement dans les assemblées, tandis que ceux de Marie-Ange étaient plus émotifs, plus bruyants, chamailleurs par habitude et tempérament. Restait un groupe d'une dizaine de membres, se tenant soigneusement à l'écart de tout conflit, désireux de paix dans la bonne entente de tous les membres. S'il leur présentait des arguments solides, ils le soutiendraient. Il avait remarqué que, depuis les incidents des dernières semaines, ils avaient délaissé le club et le local où on ne les voyait presque plus. Il confia à Angéline la tâche de les contacter amicalement, de leur rappeler l'importance de la prochaine réunion et de les inviter avec insistance à y assister.

*   *

*

Personne n'entonna le chant de ralliement coutumier au début de la réunion. Assis à la table de présidence, Aimé Séguin évaluait froidement ses chances en examinant la composition de la salle. Deux conseillers étaient absents. L'un était hospitalisé et l'autre avait dû trop boire, une fois de plus. Devant lui, à sa gauche, s'étaient regroupés ses partisans. Ils lui donneraient, advenant l'exigence d'un vote de confiance, une très étroite majorité. Angéline Lamontagne était assise à l'arrière avec ceux qu'elle avait pu rallier, taciturnes, mal à l'aise et mécontents de se trouver là. À sa droite, les amis et amies de Marie-Ange qui n'avaient pas encore choisi leurs sièges, agités et bavards, se faisant des signes et jetant des regards narquois aux amis des Séguin.

41

Aimé Séguin finit par obtenir un certain silence, déclara l'assemblée ouverte et commença immédiatement à expliquer le motif de cette convocation extraordinaire. Il donna lecture de la lettre que le club avait reçue de la Fabrique et la commenta brièvement en insistant sur les éléments essentiels du problème que les exigences de la Fabrique leur imposaient: il était loisible de déménager mais si les membres du club préféraient conserver le local actuel, ils devraient accepter une augmentation sensible des frais de cotisation. Ayant rappelé les règles de procédure en vigueur dans les assemblées des COPAINS, il ajouta avec insistance qu'il revenait au Conseil exécutif de prendre la décision selon les avis que lui donnerait l'assemblée.

Une amie de longue date de Marie-Ange fut la première à demander la parole. À son avis, le coût du loyer était déjà trop élevé car le local était vieillot et ne possédait qu'une salle de toilette, toujours accaparée par les hommes. Tout au long de l'hiver, elle y gelait des pieds car le plancher était froid et humide. Elle fut chaleureusement applaudie par le clan Robidoux.

Les applaudissements étaient à peine retombés qu'une autre amie de Marie-Ange s'était levée:

— L'hiver, dit-elle, le stationnement est mal entretenu, ça n'a pas de bon sens. Une vraie patinoire! Chaque fois que je viens au local, j'ai peur de glisser et de me casser le... en tombant. J'ai souvent averti l'exécutif de la situation, mais je ne me souviens pas qu'il ait fait une démarche quelconque auprès de la Fabrique. S'il en a fait une, ça n'a pas amélioré grand-chose...

Elle fut bruyamment approuvée et applaudie. Elle ne s'était pas rassise qu'Hormidas Leduc demanda la parole:

— Moi, je souhaite que l'on cherche un autre local. Je vais vous dire pourquoi: le plafond est trop bas et je suis obligé de marcher la tête rentrée dans les épaules pour ne pas me défoncer le crâne. En plus, je trouve que le local sent l'encens et la mort. Il pue les funérailles. Il nous faut un beau et grand local, bien aéré, haut, ensoleillé, avec de belles toilettes chauffées et de grandes armoires. Il y a un local libre depuis des années, au-dessus de la conserverie. Je me demande pourquoi l'exécutif n'a jamais pensé à aller le visiter...

Il oublia de dire que cette vieille usine délabrée, fermée depuis une dizaine d'années, appartenait à un beau-frère de Marie-Ange Robidoux qui cherchait désespérément à la vendre. Il se rassit au milieu d'applaudissements exagérés pendant que ses voisins lui tapaient sur les épaules pour le féliciter.

Au moment où un ami de Séguin allait lever timidement la main pour demander la parole, Émérentienne Bellavance s'en empara. Elle s'emporta presque immédiatement:

— C'est évident pour ceux qui ont un peu de bon sens dans la tête, que le local actuel ne convient pas du tout, mais pas du tout! à un club social d'aînés. Je me demande qui sont ceux, ou celles, qui trouvent leur intérêt à nous enfermer dans ce local. Je ne suis pas contre la religion et les choses pieuses, mais je suis convaincue que nous nous privons de beaucoup d'activités légitimes et normales parce que nous sommes obligés de nous réunir dans un sous-sol d'église. On ne peut y danser. On ne peut pas fêter la Saint-Valentin ni l'Halloween. Il est impossible de donner un party et interdit d'y prendre un verre. J'ai l'impression que certaines personnes que je ne nommerai pas, nous traitent comme si nous étions des élèves d'école ménagère ou d'institut familial. Allez vous surprendre que de plus en plus de membres délaissent le club!... C'est la politique de l'exécutif actuel, acheva-t-elle, fielleuse.

On commençait à applaudir quand Rosalie Turcotte s'imposa bruyamment:

— C'est vrai ce que dit Émérentienne! Parce que nous sommes enfermés dans un sous-sol d'église, quasiment sous la surveillance du curé, nous sommes privés de toutes sortes d'activités qui intéressent les aînés. Quoi qu'en pensent un exécutif endormi et un président douteux, nous, qui fréquentons encore le club, nous en avons assez des bingos, des parties de *cinq-cent*, des voyages en autobus scolaires pour aller visiter des fromageries et des lieux de pèlerinage. Nous voulons sortir, connaître le monde, aller à Montréal par exemple, rencontrer des artistes, recevoir des conférenciers qui nous entretiendraient de la santé, de l'alimentation, de la vie sexuelle... Mais pour cela, il faut que l'exécutif se démène. S'il se croit incapable, qu'il laisse la place à d'autres. En tout cas, moi je ne veux plus être confinée dans un sous-sol d'église qui ressemble à une chambre froide pour conserver les légumes. J'ai l'impression que ma concupiscence est en train de se congeler!

Aimé Séguin se rendait compte que l'on se servait de l'affaire du local pour le coincer et, si possible, l'amener à démissionner. Il fit semblant de ne pas apercevoir Laura

Potvin qui se levait et donna la parole à Adhémar Filia-
treault qui ne l'avait pas demandée et ne savait quoi dire.
Celui-ci toussa bruyamment pour se donner une conte-
nance, cracha dans son mouchoir et finit par avancer, en
mâchouillant ses mots, qu'à son avis le sous-sol de l'église
était une bonne place, bien au centre du village, près des
magasins et de la Caisse. Bien sûr, le loyer coûtera plus cher
mais ça coûtera aussi cher ailleurs et on ne sera pas mieux.
Il se rassit sous les huées du clan Robidoux.

Alors, Marie-Ange se leva lentement. Elle attendit que
le silence réclamé aussitôt par ses amis et amies fut bien
acquis et commença:

— Mes chères copines et mes chers copains, vous
savez combien je suis profondément attachée à notre cher
club. Je n'ai jamais compté les heures consacrées à la vie du
club. Malgré quelques petits incidents malheureux, j'ai
toujours éprouvé beaucoup de bonheur à venir vous
retrouver, tous et toutes, en notre local. Mais mon cœur est
triste. L'esprit d'entraide, la cordialité de nos relations qui
ont fait la réputation des COPAINS EN OR, disparaissent
rapidement. Les activités sont devenues ennuyantes comme
des corvées. De moins en moins de membres fréquentent
le local et participent aux sorties du club. Je vois en cela un
ensemble de signes nous avertissant que le moment est
venu de songer à un renouveau en profondeur. À mon
point de vue, le renouvellement du bail de la location du
local actuel, accompagné d'une augmentation de nos
cotisations, ne peuvent favoriser la relance des COPAINS EN
OR. Si l'exécutif actuel n'a rien d'autre à nous proposer, il
doit avoir l'honnêteté de démissionner et de laisser à

d'autres la tâche de promouvoir un nouveau dynamisme, un nouvel esprit, une nouvelle vision qui amèneront les copines et les copains à prendre allègrement le tournant de l'an 2000!

Ses partisans se levèrent pour l'applaudir. Elle fut embrassée... et légèrement décoiffée par ceux et celles qui voulaient lui serrer la main.

Quand le brouhaha fut apaisé, Sylvère Goulet qui était assis à l'arrière de la salle avec Angéline Lamontagne, se leva et demanda la parole. Il commença à parler lentement, à sa manière, avec des mots simples. Après avoir rappelé que l'affaire qu'il fallait débattre était celle du renouvellement du bail et non pas le mandat du président et de son conseil, il poursuivit:

— Nous nous réunissons ici, dans ce local, depuis dix ans, et les membres dans leur ensemble, ont été satisfaits. Ce n'est pas le Château Frontenac mais c'est assez bien entretenu et facile d'accès. Nous faisons face à une augmentation du loyer. C'est la première fois depuis cinq ans. Pourquoi ne pas continuer à nous réunir ici? L'exécutif peut demander à la Fabrique d'apporter les améliorations souhaitées par les membres du club: une deuxième toilette, de la peinture, un couvre-plancher, une meilleure aération. Je ne crois pas que la Fabrique refuse. Quant aux activités, à ma connaissance, la paroisse s'est toujours mêlée de ses affaires et n'est jamais intervenue dans les projets des copains. Il a toujours été possible d'inviter les conférenciers que les membres souhaitaient entendre, de célébrer les fêtes que nous voulions. Il ne faut pas prétendre qu'on ne participe pas aux activités parce qu'elles sont mal organisées et ennuyantes, alors qu'on a décidé de ne plus y assister parce que c'est Séguin qui les propose comme sa fonction le lui demande.

Les partisans de Marie-Ange réagirent aussitôt. Sylvère Goulet se vit accusé de parti-pris aveugle, d'incompréhension des vrais problèmes, d'inconscience devant les difficultés créées par l'incompétence du président. Émérentienne et Rosalie, debout sur leurs chaises, cherchaient à dominer la dispute en multipliant les criailleries. Du côté du clan Séguin, on réagissait à coup de grosses voix offusquées. On oublia rapidement toute retenue. Des accusations commencèrent à être lancées de part en part de la salle, plus vicieuses les unes que les autres, révélant de vieilles animosités trop longtemps retenues. On ressortait de vieux ragots d'aventures extra-maritales, de manœuvres douteuses pour s'emparer de sommes d'argent ou d'héritages. On en vint aux insinuations sur la frigidité ou l'impuissance sexuelle de certaines personnalités bien connues, sur la capacité d'absorption en apparence illimitée de certains assoiffés et sur les odeurs de toilettes malpropres que certaines personnes laissaient traîner derrière elles comme si...

Aimé Séguin, debout, cherchait vainement à rétablir un minimum d'ordre et de bienséance chez les copains. Il vit le petit groupe des plus sensés, rassemblé avec tant de peine par Angéline, commencer à se lever et à quitter discrètement la salle. Il se rassit, découragé, et laissa aller la voltige des invectives de part en part de la salle. Il chercha du regard Angéline qui le guettait et lui adressa un petit signe de la tête. Il ramassa son porte-documents, se leva et marchant le long du mur le plus éloigné, gagna la salle et quitta avec Angéline sans que l'on fît attention à leur départ. Ils furent suivis bientôt par plusieurs pro-Séguin étourdis et craignant pour leur tension artérielle.

La fureur du clan de Marie-Ange s'apaisa quelque peu devant le vide qui s'élargissait petit à petit dans la salle. Séguin parti, qu'allait-on faire maintenant? Ni Marie-Ange ni aucun de ses fidèles n'étaient en mesure de proposer quelque chose de sensé. On se dispersa sans plus.

$$* \quad *$$
$$*$$

Le soir même, après avoir longuement discuté de la situation des COPAINS EN OR avec Angéline, Aimé Séguin rédigeait sa lettre de démission de la présidence du club social des aînés, pour des «raisons personnelles incontrôlables». Il alla la porter lui-même, le lendemain à Ozias Marchand, le vice-président, et lui expliqua son devoir de convoquer rapidement une assemblée générale afin d'élire un nouveau président qui puisse prendre une décision réfléchie sur le problème soulevé par l'augmentation du loyer du local.

Ozias Marchand convoqua une assemblée générale pour le troisième lundi de mars. À peine le tiers des membres du club y participèrent. Marie-Ange Robidoux fut élue par acclamation à la présidence du club. Les membres du conseil de Séguin crurent qu'il était dans l'intérêt de la paix de leurs vieux jours de démissionner. Ils furent remplacés par Émérentienne Bellavance à la vice-présidence et par Rosalie Turcotte et Laura Potvin comme conseillères.

Le nouveau conseil refusa de signer le bail que lui offrait la Fabrique. Les COPAINS EN OR déménageraient. On se mit aussitôt à la recherche d'un local. Celui dont avait parlé Hormidas Leduc fut visité de fond en comble. C'était un désastre! Lépreux, cancéreux, puant, très difficile d'accès, morne comme un salon funéraire désaffecté!

On chercha autre chose et on ne trouva rien, sauf l'ancien magasin de tissus de Rose-Aline Dupéré qu'on loua pour y remiser les meubles et les affaires du club jusqu'au moment où un local convenable permettrait d'accueillir les quelques membres qui lui étaient encore fidèles.

Angéline Lamontagne et Aimé Séguin quittèrent le village dès le début de juin. Ils avaient acheté une jolie maison de ville dans une banlieue de Québec.

La rivalité entre les Séguin et les Robidoux est peut-être assoupie mais elle n'est pas oubliée. La semaine dernière, dans la cour de l'école, la surveillante a été obligée de séparer un petit Séguin et un petit Robidoux qui se tapochaient à qui mieux mieux.

INDISCRÉTIONS
ÉLECTORALES

J'ai fait la connaissance de Phil Tougas, hier, au comptoir postal. Je m'évertuais à expliquer à la jeune fille préposée à la clientèle que mon prénom s'épelait M-A-X-I-M-E et non M-A-C-S-Y-M-E... Après m'être résigné à lui abandonner l'enveloppe qui contenait l'article qui m'avait tant coûté et qu'un certain directeur de revue attendait, fort en colère, je m'éloignai du comptoir pour laisser la place à un inconnu qui me regarda avec un grand sourire complice. Je traînais près de la porte, désireux de faire sa connaissance. Il me rejoignit rapidement et se présenta:

— Phil Tougas... celui qui sonne LE CLAIRON DE LA VALLÉE!

— Maxime... amant des lettres et des arts!

Nous éclatâmes de rire tous les deux. Après quelques pas dans la rue, il me demanda:

— Vous aimez Montbrûlis? Je sais bien que ce doit être la trois-cent-cinquante-troisième fois que l'on vous pose cette question, mais je suis curieux d'entendre votre réponse.

— Je n'ai pas aimé la mort de monsieur Fafard ni celle de Gaudias Boivin, mais je me suis amusé de la *grande querelle des anciens.* J'aime Montbrûlis et je crois que je vais l'aimer davantage après vous voir connu.

— Vous êtes flatteur! Puis-je vous conseiller de suivre attentivement le déroulement des prochaines élections municipales de Montbrûlis?

— Je déteste les élections et surtout les municipales...

— Je ne puis encore rien publier, oh pardon! révéler... Écoutez, regardez, notez tout. Je vous promets de grandes surprises...

J'avoue que ce dialogue théâtral était à la blague. Par la suite, nos rapports devinrent très simples et très chaleureux. Il se noua entre nous une amitié qui fut l'une des grandes richesses de mon séjour à Montbrûlis. Je suivis son conseil et commençai à prendre note de tout ce que je pouvais entendre des élections municipales qui se préparaient.

*   *

*

15 mars 1991

Dans la salle d'attente de la clinique médicale, le nez plongé dans un magazine vieux de trois ans, j'entends deux femmes que je ne connais pas, discuter de la grande réunion des femmes de Montbrûlis convoquée par Florence Duhaime et Nicole Langevin, qui a eu lieu dans la grande salle de l'école, lors de la Journée internationale des femmes.

52

Elles baissent la voix tout à coup. Je saisis le mot «affaire». Elles chuchotent un bon moment, et ne retrouvent la voix que pour s'indigner qu'Isidore Paquette, le maire, ait traité leur assemblée de «congrès des confitures».

18 mai 1991

La une du CLAIRON est entièrement consacrée à la fondation du mouvement *Implication des femmes dans la politique municipale*, le MIFPM! qui a eu lieu samedi dernier. Un programme politique, préparé depuis des mois et étudié au cours de nombreuses petites réunions de cuisine, a été adopté lors de ce congrès où furent choisies aussi les candidates aux prochaines élections municipales: Florence Duhaime, enseignante, la leader du groupe, Lucie Charlebois, productrice agricole, Angèle Miron, courtière en assurance, Laurence Filion, propriétaire d'un salon de coiffure, Marie-France Poitras, propriétaire du restaurant *La Giroflée*, et Nicole Langevin, infirmière. Le MIFPM n'opposait aucune candidate au maire Paquette.

24 mai 1991

Je suis invité à souper chez les Langevin. Nous ne parlons pas de politique au cours du repas, mais dès que nous nous retrouvons au salon, je ne puis contenir ma curiosité. Nicole éclate d'un rire heureux et moqueur.

— Isidore n'a rien vu venir! Nous avons élaboré une

stratégie très simple et très efficace. Nous avons choisi trois lieux de rencontre où nous pourrions nous retrouver entre nous, assurées que les partisans de Paquette ne viendraient pas écornifler: la cuisine de Lucie Charlebois, le salon de coiffure de Laurence Filion et le restaurant de Marie-France Poitras. À chaque endroit, une responsable réunissait un groupe d'amies. Chacune de ces «amies» réunissait à son tour son propre groupe. Nous avons ainsi créé un réseau serré de petites équipes d'amies décidées à intervenir dans la politique municipale, heureuses de travailler ensemble et totalement dévouées à la cause du MIFPM et à ses candidates.

— Et les hommes? Ils font la vaisselle? dis-je platement.

— Mais non, Maxime! Dans une première étape, nous avons voulu rejoindre et convaincre les femmes. Ensuite, par elles, influencer les hommes qui sont devenus indifférents à la politique municipale et laissent aller les choses le moins mal possible dans le meilleur des mondes possibles.

— Mais pourquoi êtes-vous venues à la politique?

— Nous sommes convaincues que nous sommes impliquées au plus haut point dans toute décision de l'administration municipale, en nos enfants, en nos conjoints, dans notre carrière et dans notre vie intime. Et nous ne sommes jamais consultées, jamais écoutées. Jamais on ne se soucie des répercussions des politiques municipales sur tout ce qui nous préoccupe, sur tout ce qui touche au bonheur de ceux que nous aimons. Voilà la raison qui a amené un grand nombre de femmes de Montbrûlis à former un organisme de pression et d'action.

— Et elles ont un maudit bon programme! ajouta Paul.

— Nous avons défini des objectifs qui rencontrent les besoins de toute la population et non seulement les intérêts des promoteurs et des développeurs. Par exemple, les loisirs: on a laissé à l'abandon le terrain de jeu, la patinoire et la piste de ski de randonnée sous prétexte de faire des économies et, en même temps, on accroît le budget de représentation du maire et des conseillers. Alors, nous n'avons plus de service des loisirs et les jeunes s'ennuient à Montbrûlis et veulent quitter le village.

— N'oublie pas le coût des services municipaux, intervint Paul, de plus en plus onéreux et de moins en moins efficaces.

— Et l'environnement, continua Nicole, la gestion des déchets domestiques, la qualité de l'eau que nous buvons, la pureté de l'air que nous respirons!

— Elles promettent aussi, renchérit Paul totalement vendu à la cause du MIFPM, de s'intéresser rapidement à quelques problèmes concrets tels qu'un service municipal de garderie, ne fût-ce que quelques après-midi par semaine, afin de permettre aux femmes qui doivent venir au village pour y faire leurs courses, de pouvoir les achever, l'esprit en paix. Il y a aussi la cause des aînés qui viennent de perdre bêtement leur local au sous-sol de l'église et n'ont plus de lieu de rencontre. Le cinéma désaffecté qui se meurt d'ennui, pourrait être racheté et transformé pour accueillir nombre d'activités, autant celles des aînés que celles des jeunes et de tous les citoyens.

— Mais le plus important, et Nicole insista sur ce point, c'est que nous instaurions une gestion très serrée des finances de Montbrûlis. Il n'est plus possible d'augmenter le fardeau des taxes. Nous avons découvert que le montant des arrérages des taxes inscrit aux livres d'une petite communauté comme la nôtre est scandaleux. Des citoyens ont profité du laisser-aller ou de la complicité des administrations antérieures pour reporter le paiement de leurs taxes. Nous ferons réévaluer selon une échelle plus équitable la part du fardeau fiscal des industries, des commerces et des institutions qui requièrent de la municipalité des services de plus en plus spéciaux.

Je souhaitai bonne chance à Nicole et à son mouvement, et nous parlâmes d'autre chose.

2 juin 1991

Longue station au garage Beauchemin pour y faire vidanger l'huile usée de ma voiture. Quelques désœuvrés dont Philéas Le François. On discute des élections. Tous sont opposés à la venue des femmes en politique municipale. J'essaie d'émettre une opinion différente et je me fais rétorquer:

— Mon cher monsieur, nous avons une bonne administration, nous avons un bon maire, les choses vont bien comme cela. Pas besoin de changement. Faites entrer des femmes au Conseil municipal, elles voudront mettre des rideaux partout, du savon d'odeur et nous obliger à enlever nos bottes pour entrer à la salle du Conseil sous le prétexte que les planchers sont cirés! Un paquet de chicanes!

Arrive une grosse voiture. Elle appartient à un conseiller municipal. L'attitude des «politicologues de garage» se modifie sensiblement. Ils sont déférents. La discussion reprend, mais c'est le conseiller qui la dirige.

— Leur programme est une «affaire de femmes» sans expérience de la politique municipale, peu averties des «vrais besoins» de la population. Isidore, lui, nous prépare un vrai programme qui répond aux attentes de toute la population et non aux rêveries d'une bande de «féminisses». Vous verrez, elles vont se casser le nez sur la porte du Conseil.

Et il termine:

— J'ai trop de respect pour les femmes pour accepter qu'elles se salissent dans la basse politique municipale!

— Maudit que c'est bien dit! conclut Philéas Le François.

10 juin 1991

Je croise Phil Tougas au sortir de l'épicerie. Nous échangeons quelques propos sur les élections. Il se dit convaincu que le MIFPM remportera certainement quatre des six circonscriptions municipales. Il est possible, si Laurence Filion et son équipe travaillent intelligemment, que le Mouvement enlève une cinquième circonscription. Seule Angèle Miron ne sera pas élue, même si elle talonne le candidat d'Isidore. Elle perdra à cause d'une vingtaine de vieux messieurs farouchement opposés à la présence des femmes au Conseil.

Isidore Paquette le sait. Il a examiné avec l'aide d'Annette, sa secrétaire et fidèle complice, les rapports que ses organisateurs lui ont transmis sur la situation de chacune des circonscriptions. Il a averti les conseillers qui l'appuient mais ceux-ci sont trop imbus d'eux-mêmes pour croire qu'une femme puisse les déloger de leur siège au Conseil. Ils ont dit à Isidore:

— Donne-nous un bon programme et nous allons revenir au Conseil plus forts qu'avant!

8 août 1991

La plus inattendue des rencontres. J'avais reçu une invitation à visiter l'exposition d'un jeune peintre que je connaissais vaguement, à la Galerie *Sous les remparts* à Québec. Des affaires m'obligeant à me rendre à Québec, j'en profitai pour aller faire une brève visite à la Galerie. J'allais repartir quand je m'entendis saluer aimablement. Je me retournai pour me trouver face à face avec Isidore Paquette!

«J'accompagne mon épouse, me dit-il. Sa sœur est une manière de dame patronnesse des arts. Elle ne manque jamais de nous inviter aux expositions des jeunes peintres qui ont le malheur de tomber sous sa protection inquisitoriale. Venez, nous allons trouver un coin frais et paisible pour attendre que ma belle-sœur ait fini de réciter son lexique de termes appropriés.

Vous aimez? Moi, pas! Mais, je ne possède ni votre compétence ni la sûreté de votre goût. Je me suis renseigné sur vous et je vous trouve sympathique, même si vous fréquentez des gens qui ne sont pas tout à fait mes amis. On m'a dit que vous vous intéressiez aux prochaines élections de Montbrûlis, *en observateur impartial...*» insista-t-il d'un ton faussement menaçant...

Il me fascinait et m'inquiétait à la fois. Presque aussi grand que moi, plus âgé, tête blanche soigneusement teinte et peignée, le visage rose et un peu empâté, il parlait d'une voix grave, lente, aux intonations envoûtantes comme on en prête aux ambassadeurs ou aux célèbres médecins dans les films américains.

«Il ne faut pas que vos amies se leurrent. Elles ne peuvent gagner les prochaines élections. J'ai eu peur, un moment. Je n'avais absolument pas vu venir ce mouvement, improvisé à la dernière minute, avouons-le. Le MIFPM n'a pas osé présenter une candidate à la mairie, contre moi. Ce fut leur première erreur. J'ai eu le temps et la liberté d'élaborer un programme que j'ai prêté à mes conseillers. J'ai espoir, même s'ils ne sont pas très intelligents, qu'ils sauront s'en servir adroitement pour renverser le mouvement de sympathie qui porte les candidats du MIFPM au pouvoir.

Les femmes du Mouvement ont cru qu'elles pouvaient se doter d'un programme ramassant toutes les fantaisies de leurs membres. Ce fut leur seconde erreur. La conception d'un bon programme politique repose sur des principes immuables.

Avant tout, il faut rallier ses amis le plus rapidement possible, avant qu'ils ne louchent vers l'adversaire. Il faut empêcher les fournisseurs, contracteurs et promoteurs de s'intéresser de trop près aux promesses des nouveaux venus. Je les ai appelés, l'un après l'autre, pour leur laisser entendre que, dans le cadre de la campagne, j'annoncerais des projets intéressants pour mes véritables et fidèles amis. En clair, cela voulait dire: pas une subvention, pas une parole d'appui, pas une démarche en faveur de la campagne des candidates. Je fus bien compris.

Un bon programme, mon cher Maxime, comprend deux volets: celui des peurs et celui des consolations. Les peurs, ce sont les hausses de taxe, le départ des industries, l'arrêt des investissements publics, le chômage, la menace d'une mise sous tutelle ou de fusion avec une autre municipalité. Au nombre des consolations, il y a les promesses de nouveaux investissements publics ou privés, la baisse du taux de taxation, la multiplication des services publics. Un bon programme, pour se rendre crédible, dose les peurs et les consolations pour répondre aux attentes inconscientes de la population qui veut à la fois avoir peur et être consolée.

Le programme du Mouvement, si attirant qu'il puisse être, n'est pas politiquement rentable, mais je ne veux pas l'attaquer de front. Mon programme promettra autre chose d'éclatant, d'irrésistible qui fera qu'on ne se souvienne que de lui quand viendra le jour de la votation.

Depuis longtemps, je nourris quelques rêves secrets pour Montbrûlis: l'aménagement d'une station de ski dans la partie du Brûlis qui appartient à la municipalité, accompagnée de la construction de chalets ou de condominiums, d'auberges et d'un grand hôtel. Il y a aussi ce grand terrain de jeu au centre du village où personne ne va plus. Pourquoi ne pas dézoner l'endroit et permettre la construction d'un petit centre commercial? un magasin à grande surface entouré de boutiques, de quelques restaurants, de bureaux? Le petit centre commercial s'imposera comme le complément indispensable de la station de ski. Je prévois la création de nombreux emplois et de nouvelles sources de revenus pour la municipalité.

Quant aux peurs...»

Isidore Paquette n'eut pas le temps de les décrire car une grande femme impérieuse vint le requérir pour le présenter à «ce cher artiste qui possède un énorrrme talent et est promis à un si merrrrveilleux avenir...» Je me sauvai.

15 septembre 1991

Chez Agénor Champoux, le coiffeur. Nous parlons des élections. Il me dit que Marie-Rose, son épouse, qui s'est impliquée à fond dans la MIFPM, est de plus en plus absente de la maison. Le soir, elle anime de petits groupes de femmes qui se réunissent pour décortiquer le programme d'Isidore Paquette.

«Les femmes lui font subir tout un lavage, se dit-il en riant, elles le passent à l'eau de javel et au bleu; elles lui font endurer plusieurs rinçages. Les couleurs n'ont pas tenu et les taches ne sont pas disparues. Le tissu s'effiloche.»

Tougas me confirma plus tard dans la journée que le programme du maire Paquette n'avait produit aucun effet sur les électeurs. Ses partisans ne parvenaient pas à l'expliquer et à le défendre tandis que le MIFPM avait immédiatement repéré ses ambiguïtés et ses illusions. Conçu pour éblouir les électeurs, et faire oublier certains problèmes cuisants qui appelaient des solutions immédiates, il favorisait en dernière analyse quelques amis du maire et des conseillers, et augmentait discrètement le fardeau fiscal des contribuables pour plusieurs années à venir.

20 octobre 1991

Je viens de lire l'entrevue avec Isidore Paquette qui paraît dans le *Clairon* de cette semaine. Je suis sidéré. J'appelle Tougas qui s'esclaffe: «Je vous ai promis des surprises, vous vous souvenez? Venez donc souper ce soir. J'ai quelques bonnes bouteilles et des steaks épais comme des dictionnaires. Pommes frites? Salade César? Je vous attends à sept heures.»

Beaucoup plus tard en soirée, Phil Tougas me raconta ce qu'il avait appris. Isidore Paquette avait compris, devant l'échec de son programme qui avait gagné à la cause du Mouvement des femmes un certain nombre d'indécis au lieu de les attacher à ses candidats, que, même s'il était déjà élu par acclamation, il n'aurait fort probablement qu'un seul conseiller pour le soutenir à la table du Conseil. Il n'aimait pas du tout la perspective qui se dessinait devant lui d'avoir à composer avec une opposition pointilleuse dans l'administration de Montbrûlis.

À l'occasion d'un voyage à Québec, il s'en était ouvert à un certain «ami-d'en-haut», agent discret de toutes les affaires tortueuses du Parti. Celui-ci l'écouta avec sympathie, tout en prenant bonne note de quelques faits que Paquette avait découverts: la présence d'observateurs et d'observatrices de l'UPA et de la CEQ, s'arrêtant, par hasard, à Montbrûlis, et lunchant, toujours par hasard, à *La Giroflée*. L'une des candidates était productrice agricole et une autre, enseignante. L'une et l'autre avaient été très actives dans leur Syndicat. On avait remarqué aussi la visite de journalistes, venues de Montréal. Toutes très impliquées dans les mouvements féministes. De plus, quelques personnalités de premier plan appartenant aux *associations de payeurs de taxes* qui surgissaient un peu partout dans la Province, étaient venues sympathiser avec les candidates du Mouvement des femmes. L'autre Parti n'avait pas encore bougé, mais on devinait qu'il était à l'affût, guettant le moment où «On» s'impliquerait d'une manière ou d'une autre, pour le dénoncer dans les médias.

Cet *ami-d'en-haut*, m'expliqua Tougas, laissa entendre à Paquette qu'ON ne souhaitait pas offrir une telle occasion aux «amis-d'en-face», tout en se montrant très compréhensif pour les difficultés électorales qu'il devait affronter.

Et, continua Tougas, il lui expliqua qu'il y avait un principe en politique, souvent oublié mais très utile: «Si tu ne peux pas les battre, joins-toi à leur club! Laisse tomber tes conseillers dépassés qui n'ont pas le dynamisme de mener une campagne agressive. Oublie ton beau programme et annonce publiquement que tu es très heureux de la candidature de ces femmes et que tu es convaincu qu'elles apporteront un souffle nouveau à l'administration de la municipalité de Montbrûlis.

«Quand elles seront élues et qu'elles devront s'attaquer aux problèmes quotidiens de la vie municipale, elles seront bien obligées de retarder la mise en œuvre de leur beau programme. Tu pourras alors commencer à proposer tes propres politiques qu'elles seront trop heureuses d'adopter, surtout si tu es assez habile pour les présenter comme inspirées par elles.

Il faut toujours être une élection en avance... c'est un principe! Commence dès aujourd'hui à préparer la prochaine élection. Elle sera d'une extrême importance. ON veut se débarrasser des "amis-d'en-face" à tous les niveaux du gouvernement, partout dans la Province. Et, afin de donner ce grand coup de balais, ON devra compter sur toutes les forces vives du Parti».

Selon Phil Tougas, qui avait ses propres sources, l'*ami-d'en-haut* cacha soigneusement à Paquette que l'ON souhaitait aussi se défaire des «vieux amis», comme Isidore, qui devenaient assommants. Le Parti cherchait à s'associer aux nouvelles forces sociales qui surgissaient un peu partout dans la Province. Ce qui se passait à Montbrûlis était très intéressant. Aux prochaines élections, on suggérerait à Isidore de laisser sa place à un candidat ou une candidate qui serait sensible aux nouvelles politiques que l'ON voulait appliquer dans la province.

«J'ai appris qu'au moment de reconduire son visiteur, l'*ami-d'en-haut*, voyant sa perplexité, lui avait proposé une solution diplomatique. Et c'est ici que j'entre dans cette combinaison, sans mon plein consentement, reprit Tougas: donner une entrevue exclusive au *Clairon de la vallée*, même si, avait-il dit, mon hebdo était aussi excitant qu'un bulletin paroissial. On me proposa donc de publier gratuitement une longue interview réalisée par un journaliste spécialisé, stipendié par le Parti. On m'a laissé entendre qu'on était à la recherche d'un bon hebdo à qui confier de la publicité... J'ai publié l'interview parce qu'elle m'amusait. Je n'attends rien du Parti.»

De retour chez moi, j'ai relu l'interview rédigée par le journaliste du Parti et publiée dans le *Clairon*. Un petit chef-d'œuvre du genre! Sur le ton de la confidence familière, Isidore Paquette évoquait les années vécues à Montbrûlis, la naissance de son désir de servir ses concitoyens et d'offrir à la collectivité, en retour de tout ce qu'il avait reçu, le meilleur de lui-même dans un total dévouement. Il dévoilait les rêves qu'il entretenait touchant l'avenir de Montbrûlis qui ne pouvait qu'être paisible et prospère. Il était convaincu que Montbrûlis connaîtrait bientôt de grands développements: une station de sports d'hiver, un centre commercial, quelques ensembles domiciliaires et peut-être un terrain de golf. Il ne manquait pas d'insister sur la nécessité d'impliquer l'ensemble de la population dans ces projets en les soumettant à la consultation. Il se disait de plus en plus préoccupé par les problèmes environnementaux. Il se proposait d'ailleurs de travailler en étroite collaboration avec les «futures conseillères» dans la recherche de solutions durables...

Car il ne disait pas un mot des conseillers sortants. Ils n'existaient plus. Mais il saluait avec enthousiasme l'arrivée des femmes au Conseil. Il félicitait le MIFPM d'avoir conduit avec audace une «vaste campagne de sensibilisation» de la population qui avait eu pour effet de réveiller «la flamme démocratique», signe «éclatant» de la «vitalité et du dynamisme de la collectivité de Montbrûlis», de sa maturité politique...

Le retentissement de l'entrevue fut considérable. Jamais auparavant, une page du *Clairon* n'avait été lue avec autant d'attention ni si âprement discutée. Découragés, les conseillers d'Isidore abandonnèrent la poursuite de leur campagne et laissèrent la voie libre aux candidates du MIFPM qui s'emparèrent de cinq des six sièges de conseiller.

Le soir des élections, quand l'avance des candidates du MIFPM fut confirmée, Isidore Paquette déclara bien haut qu'il venait de remporter «la plus belle victoire» de sa carrière!

LÉGENDES
DE NOVEMBRE

Q uelques jours suffirent aux habitants de Montbrûlis pour oublier les élections. Il leur importait davantage, maintenant, de se préparer à l'hiver car novembre était venu, hésitant, incapable d'arrêter son choix entre les longues pluies qui inondent les champs et les petites averses dispersées au hasard. Il laissait traîner des laizes de brume par lassitude de toujours recommencer à les chasser dans quelque vallée perdue derrière les Appalaches. Il s'en prenait aux nuages qu'il bousculait en les poussant vers le nord pour ensuite les abandonner au-dessus du Fleuve. Il surprenait les maisons des hommes et les faisait grelotter en les enveloppant d'un ennui grisâtre et humide, puis se sauvait dans les boisés au bout des terres pour y chercher quelque défunt oublié depuis fort longtemps et qui aurait perdu sa route.

«On entend dire qu'il se passe des choses étranges dans le troisième rang, me confia Madame Gervais en achevant d'épousseter la bibliothèque, il paraît que le diable se promène autour des maisons en pleine nuit et qu'il fait hurler les chiens à la mort...

— Vous le croyez? demandai-je, feuilletant distraitement une revue.

— Le seul diable que j'ai vu, c'était mon mari quand il me faisait une scène...

Au début, ce n'avait été qu'une remarque sans importance glissée discrètement dans une conversation banale entre voisins, comme ça, tout en parlant d'autre chose. Plus tard, des allusions voilées furent mêlées à des considérations générales sur les bruits de la pluie et du vent. À la fin, des questions franches furent posées d'un voisin à un autre... qui ne reçurent pas de réponse.

Depuis le début de novembre, tard dans la nuit, on entendait des chevaux galoper dans la route du troisième rang. Sortant d'un petit chemin de traverse venu du quatrième rang, lancés sauvagement, ils parcouraient tout le rang jusqu'à son extrémité est où ils disparaissaient dans un vieux chemin de forêt qui débouchait dans le quatrième rang. Personne ne possédait de chevaux dans les rangs, du moins le croyait-on. Et comme il n'y avait pas d'éclairage routier, ni les chevaux ni les cavaliers n'avaient été reconnus.

Quand le garagiste Beauchemin dut aller dépanner une Camaro qui avait plongé dans un fossé du troisième rang et que les deux occupants, énumérant tous les ustensiles de la sacristie, jurèrent qu'ils avaient vu surgir devant leurs phares un grand cheval noir, monté par un cavalier vêtu de noir et qu'ils avaient tenté une manœuvre désespérée pour l'éviter, l'histoire d'un cheval fantôme monté par un cavalier fantôme commença à se répandre dans le village. Mais comme on avait trouvé dans la Camaro «une caisse de vingt-quatre» bien entamée et que les deux compères possédaient la renommée de boire sans arrêt, tout en conduisant leur véhicule, leur version de l'accident fut reçue avec scepticisme.

Philéas Le François, toujours désœuvré, traînait autour du garage. Il écouta leur histoire et hocha gravement la tête. Il entreprit de raconter que son défunt père avait souvent évoqué le souvenir de quelque chose de semblable qui se serait passé alors qu'il venait de se marier et d'hériter de la terre que son propre père avait défrichée dans le troisième rang.

Ayant rappelé qu'il avait soixante-douze ans et qu'il était le dernier survivant des huit enfants de son père Almas Le François, il ne manqua pas de jurer de l'absolue vérité de son histoire: son père avait vu, dans ce temps-là, à plusieurs reprises, pendant les nuits de novembre d'une certaine année qui ressemblait beaucoup à la présente, un grand étalon noir galoper le long du chemin que les colons avaient ouvert. Et même, renchérit-il, le plus vieux de ses oncles avait affirmé que son propre père avait vu, lui aussi, ce même étalon courir dans le sentier qui se faufilait d'une terre à l'autre, avant le chemin.

On l'avait écouté avec un petit sourire narquois, car on savait qu'il aimait inventer et raconter des «peurs». Devinant que son histoire n'était pas reçue ni crue par les clients du garage Beauchemin, Philéas avait ajouté d'un ton solennel que son père et son oncle avaient affirmé que l'apparition du grand étalon noir était un avertissement adressé aux paroissiens que de grands châtiments se préparaient et qu'ils ne tarderaient pas à fondre sur eux.

Quelques jours plus tard, novembre eut un sursaut de mauvaise humeur. Il déversa toutes ses réserves de pluie et poussa le vent hors de lui, dans une telle colère que les gens des rangs redoutèrent qu'il bouscule tout sur son passage. Des arbres furent arrachés, des toitures endommagées et une vieille sucrerie qui ne demandait qu'à pourrir en paix, fut aplatie comme une boîte de carton.

Le lendemain, quand novembre eut retrouvé un peu de calme, on s'aperçut que la croix plantée au mi-chemin du troisième rang plusieurs années auparavant avait été arrachée et traînée par le vent jusqu'à un tas de pierres et de ferraille au milieu du pacage des Dumas. Il est vrai qu'il y avait si longtemps qu'elle était là qu'on ne la remarquait plus. Personne n'avait réagi à son délabrement. Le coq sculpté juché sur sa tête avait été volé et les instruments de la Passion dont elle avait été ornée, pendaient comme de vieilles branches rongées par les insectes.

Néanmoins, les résidents du troisième rang s'émurent de la ruine de leur croix. Certains sentirent naître en eux une vague inquiétude: tant de bruits dans le ciel, tant de courses nocturnes, de chevauchées sauvages, d'hommes étranges vêtus de noir, et cette mauvaise nuit d'orage... Pour s'être attaqué à la croix, le cavalier du grand étalon noir, car on était convaincu de l'avoir entendu cette nuit-là, devait être poussé par le diable lui-même... Personne ne remarqua que la croix, laissée à l'abandon depuis tant d'années, ne tenait presque plus debout tant le bois du pied était pourri et qu'il n'avait pas fallu une si forte bourrasque pour la jeter à bas.

On en parla au garage Beauchemin. Philéas, sans qu'on le lui demande, raconta la suite de son histoire:

— Dans le temps de mon père, de grands malheurs avaient accompagné les galopades de l'étalon noir: de gros orages interminables avaient ravagé les champs qu'on venait de labourer; des feux de forêt, en plein mois de novembre, avaient obligé les colons à se réfugier au village; les bêtes devenaient folles et s'enfuyaient dans les bois tandis que des loups venaient rôder, la nuit, autour des maisons. Mon père n'avait jamais oublié le grand tremblement de terre qui avait failli faire glisser tout le comté dans le fleuve.

Et, comme cette fois on l'écoutait sans se moquer de lui, Philéas avait ajouté à son histoire l'épisode de l'érection de la croix du troisième rang:

— Ça s'est passé dans le temps de mon père. Quand les habitants du rang avaient vu que les galops de l'étalon noir, monté par le diable lui-même, avaient apporté de si terribles châtiments, ils avaient organisé une procession qui avait parcouru tout le rang. Les colons suivaient le curé qui portait une grande croix noire comme celle de la tempérance que l'on voit encore dans le vestibule de l'église. Tout le monde s'était confessé et on avait réparé les torts causés à son prochain. Même que, la veille de la procession, on avait jeûné au pain et à l'eau. Le curé avait béni la croix et l'avait plantée au mi-chemin pour qu'elle protège le pauvre monde. Avec ça, la paix conclue avec le Ciel avait ramené la tranquillité et l'abondance dans le troisième rang. Croyez-moi, mes bons amis, si le bon Dieu a permis au diable, monté sur un grand *joual noère,* d'abattre la croix du chemin, ça regarde *ben* mal pour nous autres. *On n'a pas fini de tout voère!* Faudrait quasiment qu'on fasse une autre procession!»

Plusieurs furent d'avis que Philéas y allait un peu fort et qu'il pouvait commencer la procession tout seul en cessant de se mêler des affaires de tout le monde. Mais certains habitants du troisième rang, traditionnellement portés à la piété, allèrent trouver le curé Archambault pour lui demander d'organiser une procession pénitentielle.

Il les reçut aimablement et les écouta avec sympathie. Quand ils eurent exposé leur demande, le curé leur répondit qu'il avait consulté les archives de la paroisse dès qu'il avait entendu parler de cette histoire d'une croix abattue par un cavalier montant un grand cheval noir, au cours d'une nuit de tempête. Il avait découvert que la croix avait été érigée en 1937 par le chanoine Montambault à la demande des paroissiens du troisième rang qui désiraient se rassembler pour prier ensemble durant les mois de Marie et du Sacré-Cœur. Ceux-ci s'étaient engagés à entretenir la croix, à la repeindre quand ce serait nécessaire et à l'orner de fleurs et d'arbustes. «Il semble bien que l'entretien de la croix ait été négligé depuis de nombreuses années», ajouta-t-il.

Cela pouvait expliquer qu'elle ait été incapable de résister aux grands vents des derniers jours. De plus, nulle part dans les archives de la paroisse, il n'était fait mention de ces calamités que Philéas Le François avait décrites, ni d'une procession pénitentielle pour implorer le pardon du Ciel. Il suggéra à la délégation, assise devant lui, de relever la croix brisée, de la réparer si cela était possible ou d'en planter une neuve. Il ajouta qu'il irait volontiers la bénir et prier avec eux.

— Une dernière suggestion, informez-vous si quelqu'un du quatrième rang n'a pas bâti une écurie récemment. Les chevaux reviennent à la mode, surtout auprès des gens des villes, et des amateurs de chevauchée peuvent préférer monter à cheval la nuit et galoper sur des routes plus sûres, moins achalandées...

La délégation fut amèrement déçue de la réponse du curé. Un des membres en parla à quelqu'un qui en parla à une certaine personne qui connaissait une autre qui avait entendu parler des *Francs-tireurs de l'Archange Saint Michel*, des gens très *engagés* qui se dévouaient à animer des manifestations à caractère religieux dont le clergé se désintéressait.

Les *Francs-tireurs* acceptèrent immédiatement, sans la questionner, l'histoire du diable qui montait un grand cheval noir pour saccager les croix de chemin. Il fallait entreprendre une riposte immédiate avec «les armes toutes-puissantes de la prière publique et de la pénitence» dans la forme d'une procession qui monterait à l'assaut du diable jusqu'à son propre domaine.

Une circulaire bâclée et délavée, polycopiée dans une pharmacie de Montmagny, fut distribuée à la porte de chaque maison du troisième rang. Les *Francs-tireurs de l'Archange Saint Michel* invitaient les résidents à s'unir à eux le dimanche suivant dans une «grande marche de prière et de pénitence» qui parcourrait les huit kilomètres du rang, «manifestation éclatante de conversion et de retour à une

vie plus conforme aux commandements du Tout-Puissant»
afin que le troisième rang soit épargné des châtiments qui
lui étaient promis. Une grande croix «arme suprême contre les maléfices diaboliques», précéderait le cortège. Des
cierges seraient distribués. «Ceux et celles qui voudraient
contribuer aux frais de cette manifestation par une légère
obole seraient les bienvenus.»

Le dimanche venu, Joël Archambault jugea opportun,
au prône, de faire une mise au point: il n'encourageait pas
l'initiative de la procession et n'y participerait pas. Il répéta
brièvement ce qu'il avait expliqué à ceux qui lui avaient
demandé d'organiser un tel événement. Non sans humour,
il continua: «Les Évangiles n'ont jamais raconté que Notre
Seigneur ait parcouru la Judée et la Galilée, la nuit, montant un grand cheval noir, pour menacer les pauvres gens
de châtiments imminents. La nuit, il dormait. Et quand il
ne dormait pas, il priait pour nous. Quant aux bons anges,
ils n'ont pas besoin qu'on leur attelle des charrettes aux
fesses pour qu'ils se portent au secours des miséreux. Reste
le diable... mais ses affaires vont tellement bien, partout
dans le monde, avec la violence et la haine des guerres, les
marchés de drogues, la prostitution et la pornographie,
l'avarice et l'orgueil, le mensonge élevé en système de gestion, et les innombrables injustices, qu'il n'a pas le temps
de venir faire courir des chevaux, la nuit, dans le troisième
rang de Montbrûlis.»

* *

*

On avait choisi l'extrémité est du troisième rang, à l'entrée du vieux chemin de forêt par où le diable disparaissait, disait-on, comme lieu de rassemblement. Partant de là, le cortège remonterait les huit kilomètres du rang pour aller au-devant du cheval noir et de son cavalier pour l'arrêter et le forcer à reculer et à s'enfuir. Il faisait déjà très noir et une petite pluie fine s'était mise à tomber.

C'est une petite troupe grelottante et toussante qui s'ébranla à la suite de la haute croix brandie par un *franc-tireur* qui avait la stature d'un videur de discothèque. Les *francs-tireurs* qui marchaient immédiatement après lui, entonnèrent un chant que personne parmi la dizaine de résidents qui s'étaient joints à eux, ne connaissait. Il fut suivi d'interminables et monotones invocations à saint Michel, reprises en sourdine par les participants déjà transis qui avaient peine à tenir à deux mains les hampes au bout desquelles on avait fixé des bougies que la pluie avait aussitôt éteintes. Plus loin derrière, quelques automobiles retenues pour ramener les gens chez eux, se traînaient, étouffant les moteurs de temps à autre à cause de l'humidité.

À peine avait-on parcouru un petit kilomètre, qu'un chien, réveillé par les voix de ces inconnus qui se dirigeaient vers lui, avertit tous ses copains du voisinage qu'une étrange menace avançait vers eux. Les réponses ne tardèrent pas. Une clameur d'aboiements furieux monta dans la nuit, bientôt reprise de ferme en ferme, à laquelle se mêlèrent les cris et les injures des propriétaires des chiens qui voulaient les faire taire. Sans jamais s'épuiser, elle allait saluer à sa manière la progression de la minable procession vers l'affrontement avec le cheval du diable.

La pluie, de plus en plus entêtée et insistante, avait rendu la chaussée glissante. Les *francs-tireurs* avaient repéré la route mais n'avaient pas prêté attention aux profonds fossés qui la bordaient pour recueillir le fort ruissellement d'eau de surface qui s'y déversait. Un participant, trébuchant sur un misérable caillou, en bordure du chemin, plongea dans le fossé boueux, entraînant avec lui sa corpulente voisine qui avait tenté en vain de le retenir au dernier moment. Le groupe hésita et les invocations devinrent un petit murmure que les aboiements des chiens étouffèrent aussitôt. On aida les malheureux à se traîner hors du fossé, trempés et recouverts de la vase fétide qui s'était attachée à eux. On les amena rapidement à une des voitures qui suivaient le cortège. Celle-ci profita de l'entrée d'une ferme voisine, malgré les protestations indignées du chien de la maison, pour effectuer un virage rapide et s'enfuir vers le village. Il y eut un léger flottement parmi la petite troupe, surtout chez les résidents. Le vieux réflexe: «si j'avais su...» commença à s'infiltrer et à désagréger les bonnes volontés. Le ridicule de cette marche sous la pluie pour affronter une improbable chevauchée diabolique devenait évident à l'esprit de plusieurs.

Le chef du mouvement dut s'en apercevoir car il s'efforça de rallier sa troupe avant que la grogne ne s'installe. Malgré ses phrases bien senties sur l'importance du témoignage qu'ils portaient en ce moment et en cette occasion, quelques-uns, énervés par les aboiements incessants des chiens, se demandaient s'ils ne devaient pas ralentir suffisamment leur marche pour permettre à une voiture de les rejoindre et de les ramener au village, au chaud de leur demeure, avec le prétexte d'une vague fatigue cardiaque ou de l'imminence d'une crise rhumatismale.

Au moment où le chef des *Francs-tireurs* faisait signe à celui qui portait la croix de se remettre en route, on crut entendre les premiers martèlements, assourdis par la pluie, de sabots de chevaux sur la chaussée. On s'arrêta pour écouter. Avec un peu d'effroi, de plus en plus distinctement, on perçut la galopade de plusieurs chevaux qui se rapprochaient rapidement.

«SATAN !» s'écria le gros videur de discothèque qui rêvait depuis son adhésion aux *Francs-tireurs* de lui «faire une job» et de le «sortir» de la paroisse. Il s'avança à la rencontre des cavaliers, brandissant sa croix à bout de bras. Le chef du groupe et responsable de la procession rappela son petit troupeau tremblant derrière le videur et lui ordonna de prier saint Michel de toutes leurs forces:

— Ne craignez rien! L'archange saint Michel et ses armées combattront avec nous. Nous vaincrons Satan et le refoulerons aux enfers»!

À ces mots, le grand cheval noir qu'on croyait avoir vu et entendu dans le troisième rang depuis le début de novembre, surgit devant eux. Il était monté par un cavalier vêtu de noir qui parvint à grand-peine à l'arrêter devant le videur et sa croix. Il était suivi par une dizaine de cavaliers, masqués et costumés comme des personnages de vieux films mexicains.

— Sortez du chemin, hurla celui qui commandait le petit escadron d'opérette. Laissez-nous passer! Vous allez provoquer des accidents à vous tenir au milieu de la route de cette façon...

— Non! Arrière Satan! Fuis aux enfers, tu es vaincu par l'archange saint Michel, le porte-étendard des armées de Dieu, cria le chef des *Francs-tireurs*.

— Vous êtes fous? Qu'est-ce qui vous prend? Vous jouez à quoi?

— Tu n'es qu'un démon, un maudit, qui terrorise les enfants de Dieu...

— Et vous, vous êtes une bande de malades! Vous ne me connaissez pas? Je suis le propriétaire du grand domaine du quatrième rang, le peintre Carbonneau, et ces gens sont mes amis et mes invités. C'est mon anniversaire, aujourd'hui. Je donne un party ZORRO! C'est pourquoi nous nous sommes costumés en Mexicains et comme nous aimons tous monter à cheval, nous avons voulu faire une longue course dans la nuit. Maintenant, laissez-nous passer!

Le gros videur abaissa lentement la croix qu'il trouvait très lourde depuis un moment. Les *Francs-tireurs*, gênés et malheureux, s'écartèrent pour laisser les cavaliers, qui riaient à tomber en bas de leur cheval, poursuivre leur chevauchée dans la nuit. Sans un mot, on s'engouffra dans les automobiles qui avaient rejoint le petit groupe après avoir laissé passer les cavaliers.

Philéas Le François n'a jamais voulu démordre de la véracité absolue de l'histoire qu'il avait racontée aux clients du garage Beauchemin.

SAINT EDMUND'S MANOR

L'hiver s'était emparé de Montbrûlis et faisait peser durement ses lois de glace et de neige. Le vent avait reçu toute liberté de rôder et de refouler les rares passants dans leurs maisons qu'il encerclait aussitôt de hauts bancs de neige durcie.

La mienne n'échappait pas aux glaciales conditions qu'il imposait. Pour me soustraire à ses caprices, elle se faisait apaisante et chaleureuse mais ne parvenait pas à m'épargner l'ennui du petit garçon que je fus, quand ma mère me confinait à la maison sous prétexte que l'intensité du froid et les sournoiseries de la poudrerie interdisaient que j'aille glisser dans le petit ravin qui bornait notre terre.

J'errais d'une pièce à l'autre, indifférent aux livres, agacé par un interminable quatuor à cordes de Bartok que la radio FM diffusait sans conviction, évitant soigneusement d'approcher de ma vieille machine à écrire qui n'attendait que le moment où je me déciderais à taper un texte promis depuis longtemps pour me happer les doigts et les mâchonner.

La sagesse, m'avait-on enseigné autrefois, conseille de consacrer ces méchantes heures à mettre de l'ordre dans sa bibliothèque... quand on ne parvient pas à en mettre dans sa vie et son temps. Après une heure employée à déplacer et à replacer des livres, je découvris deux volumes que m'avait prêtés le notaire Quirion et que j'avais honteusement négligé de lui rendre. Pourquoi ne pas aller immédiatement les lui rapporter? Une bonne heure de conversation avec lui achèverait de chasser les dernières traces de ma petite dépression momentanée.

Il vint lui-même m'ouvrir avec beaucoup d'amitié, prenant plaisir à me servir l'une de ces anciennes formules de politesse apprises au Petit Séminaire de Québec. Une délicieuse et chaude odeur de tarte aux pommes m'enveloppa maternellement tandis qu'à l'étage, dans son grand boudoir, Madame Quirion me saluait en jouant au piano une chaste et mélancolique valse comme les jeunes filles apprenaient à les jouer, en un passé lointain.

Le notaire m'invita à le suivre dans sa bibliothèque, autrefois son étude, où il passait la plus grande partie de la journée. Il accepta philosophiquement mes plates excuses pour avoir tardé à lui rapporter mes livres et me montra ce qu'il lisait en ce moment: *A Study in History* d'Arnold Toynbee. Il y prenait un tel plaisir que je n'osai formuler la moindre réserve sur la conception de l'histoire de l'Auteur. Il s'informa de mes lectures, qui étaient beaucoup plus modestes. Et nous parlâmes de Montbrûlis. Il avait tout appris de l'histoire des chevaux fantômes galopant la nuit dans le troisième rang. Il en riait de bon cœur, répétant sans arrêt: «Quelle histoire! Quelle affaire! Quelle histoire!»

— Je ne serais pas surpris, mon cher Maxime, que les inventions maladives de Philéas Le François ne soient des déformations de lointains souvenirs de légendes qui ont couru dans le troisième et le quatrième rangs, il y a très longtemps, plus d'un siècle même. Ceux qui les ont créées et qui les ont souvent racontées, ont disparu, comme sont disparus les faits ou les personnages qui les ont inspirées. Il n'en reste plus que des bribes confuses dans la mémoire des plus âgés...

Il se tut. Je ne fis aucun commentaire car je pressentais qu'il venait d'élaborer le petit préambule d'une belle et mystérieuse histoire qu'il devait être le seul à connaître et qu'il brûlait du désir de me raconter.

— Mon cher Maxime, me dit-il en se levant, je ne crois pas que mon épouse s'offusque que je vous offre de goûter à un vieux porto que je réserve à mes amis. Il fait tellement froid! Et comme les devoirs de l'hospitalité m'obligent à vous accompagner, elle m'excusera d'avoir écarté un moment les conseils de mon médecin.

Il me fit un petit sourire d'enfant complice en me versant du porto qui s'avéra le plus délicieux que j'aie jamais bu et qui me réconcilia avec l'hiver. Nous le dégustâmes sans hâte pendant que les échos d'un petit rondo qui s'échappaient du boudoir de madame Quirion me répétaient que cette heure était bénie.

— Vous êtes-vous déjà intéressé à la demeure de notre facétieux ami Carbonneau, qui signe ses toiles CARBO et qui habille ses amis comme des cavaliers mexicains d'opérette pour célébrer son anniversaire?

Je venais d'ouvrir mon étude à Montbrûlis, deux ou

trois ans après la Guerre, quand je reçus la visite d'un très digne anglophone, très correct, très... «british». Il venait me proposer de m'occuper de la vente du domaine situé aux limites de la paroisse dans le quatrième rang et dénommé SAINT EDMUND'S MANOR. Il me présenta des lettres du Haut-Commissaire britannique à Ottawa l'autorisant à rechercher un notaire de la région, parlant l'anglais, qui recevrait les acheteurs éventuels, ferait visiter le domaine et poursuivrait les recherches pertinentes sur les droits de propriété, les quittances et les servitudes qui lui seraient attachées. À mon grand étonnement, j'appris que le domaine appartenait à la Couronne britannique. Déjà des offres de vente avaient été publiées dans des journaux européens et canadiens. Tout acheteur éventuel devait cependant avoir reçu l'autorisation écrite du Haut-Commissaire avant que j'accède à sa demande de visiter le domaine.

J'étais très flatté et j'acceptai l'offre qu'il me faisait. Il m'invita à me rendre au domaine en sa compagnie afin de le visiter de fond en comble et de recevoir sur place ses dernières recommandations.

Il y a plusieurs années que je ne suis retourné dans le quatrième rang et j'ignore l'état actuel du domaine. Quand je me trouvai pour la première fois devant ce manoir isolé dans les hautes terres de Montbrûlis, je crus qu'un enchanteur, par un subtil sortilège, avait arraché de l'Angleterre cette immense demeure victorienne et l'avait transportée par les airs, au-dessus de l'océan, pour venir la déposer au cœur des forêts canadiennes.

Une allée, plantée de grands ormes, montait lentement vers elle. Nous accédions à une large plate-forme à l'entrée de la façade orientée vers le nord, d'où on apercevait, dans les beaux jours, les hautes collines bleues de Charlevoix et, vers l'ouest, entre deux érables, les reflets châtoyants du Fleuve.

À l'arrière, je découvris un paysage saisissant: des collines densément boisées, adossées les unes aux autres comme des gigantesques guérets déferlant jusqu'à la Frontière américaine. À l'écart, au pied des premières collines, on avait bâti les maisons des fermiers et les dépendances dont le manoir était séparé par un grand parc à l'anglaise.

L'envoyé du Haut-Commissaire m'amena à l'intérieur du manoir. Il avait perdu beaucoup de sa splendeur et avait été dépouillé d'une grande partie de son mobilier. Mais j'en fus très fortement impressionné: l'enfilade des pièces chauffées par des cheminées de marbre noir ou rouge sombre, les boiseries de chêne noir, les lustres de cristal, l'immense salon et ses tapisseries, tout évoquait la splendeur passée, le confort, le goût de la beauté et l'arrogance paisible que confèrent la noblesse et la richesse.

On ne m'avait rien, ou presque rien, raconté de l'histoire de Saint Edmund's Manor. La curiosité me poussa à rechercher parmi les anciens du village ceux ou celles qui avaient conservé quelques souvenirs de la construction du manoir qui devait remonter à l'année 1880. Je découvris des vieillards dont les parents avaient travaillé à la construction de la route, au défrichement du domaine, au charroi des pierres et du bois. Ce sont les tâches que l'on réserva aux habitants du village. L'architecte était venu de Montréal ainsi que les ouvriers, menuisiers et maçons. Les matériaux étaient amenés en goélette jusqu'à Montmagny puis dans de grandes charrettes, jusqu'au quatrième rang.

La construction du manoir avait duré deux longues saisons où l'on travailla de la barre du jour à celle du soir. On avait d'abord élevé des abris pour les ouvriers puis les maisons des fermiers et les dépendances. Enfin, on s'attaqua à la construction du manoir proprement dit. Tout ce que l'on achetait sur place était largement payé pour l'époque. Mais comme les ouvriers ne parlaient que l'anglais, les gens d'ici ne surent jamais clairement qui viendrait habiter ce *château*. Car c'est ainsi que les habitants commencèrent à l'appeler.

Les fermiers, venus de l'Angleterre, arrivèrent les premiers, au printemps de 1883. Du port de Québec, une goélette les amena à Montmagny accompagnés d'une cargaison de lourdes caisses qui devaient contenir les effets et les meubles. On loua les charrettes les plus solides que l'on put trouver, tirées par les chevaux les plus forts et les plus résistants et l'on organisa de nombreux convois vers le château. Tout l'été, une équipe de peintres et d'assembliers venus de Londres se consacra à «monter la maison» selon les plans et les directives très précises fournis par l'architecte.

Quelques-uns de mes vieux informateurs se souvenaient encore d'avoir entendu le récit de l'arrivée de celle qui devait habiter le château jusqu'à sa mort. Ce fut au début de l'automne, avec la dernière remontée des bateaux venus d'Europe. Un grand carrosse traversa le village et s'engagea dans le chemin du quatrième rang. On entrevit la figure pâle, mais d'une grande beauté, d'une femme vêtue de noir. Elle regardait fièrement ce pays qu'elle ne connaissait pas, comme pour le défier.

Jamais on ne la vit au village. Seuls, les fermiers venaient faire quelque achat urgent. Le château et le domaine, les fermiers et les domestiques, se replièrent sur eux-mêmes, s'organisant pour être le plus indépendants possible. Chaque été, de lourdes caisses arrivaient d'Angleterre contenant, sans doute, ce qui avait été acheté là-bas. Tous ces gens ne parlaient que l'anglais et ne révélèrent jamais rien de la «lady» qui habitait le château.

Bientôt, chez les habitants des rangs, on éprouva le besoin de s'expliquer la présence de cette dame dans un *château*, perdu dans la campagne québécoise. À partir de petits faits observés, de détails obscurs, puisant dans le répertoire des contes apporté de France, on forgea des légendes pour se rassurer et s'émerveiller. La dame était belle et noble, donc elle était une princesse abandonnée par son fiancé et venue cacher sa peine là où il ne la retrouverait jamais. Peut-être, parce qu'elle était toujours vêtue de noir, était-elle une reine dont le mari était décédé et qui avait été chassée de la cour par sa belle-famille? On l'avait aperçue, de loin, montant un superbe étalon noir qu'elle faisait galoper ventre à terre, elle ne pouvait qu'être une noble exilée à cause de ses idées audacieuses. À moins qu'elle ne soit une sorcière qui possédait d'étranges pouvoirs sur les animaux? Ne l'avait-on pas observée, entourée de chiens qui se bousculaient autour d'elle et qui se couchaient à ses pieds au premier cri qu'elle leur lançait? Aux veillées, on racontait aux parents en visite l'histoire de cette princesse malheureuse, venue pleurer la mort de ses amours à Montbrûlis.

Tous les anciens que j'ai interrogés, m'affirmèrent que la châtelaine ne recevait jamais de visite, à l'exception d'une seule, une fois par année. Au début de l'été, on voyait le carrosse du château descendre vers Montmagny et en revenir le lendemain ou le surlendemain, avec un personnage qui semblait toujours très imposant et qui demeurait au manoir une petite semaine.

Une année, un Père Oblat d'Ottawa qui était venu prêcher et quêter pour les missions indiennes de l'ouest canadien, se berçait sur la galerie du presbytère au moment où passa le carrosse qui remontait vers le manoir. Il se leva et se précipita dans le bureau du curé pour lui affirmer qu'il avait reconnu le Gouverneur général du Canada dans le personnage hautain assis dans le carrosse. Le curé refusa toujours de le croire; qu'est-ce que le Gouverneur général du Canada pourrait bien venir faire dans le quatrième rang de Montbrûlis?

L'inconnue habita dans le manoir jusqu'à sa mort en 1910. Avec les ans, par le travail acharné des fermiers, le domaine s'était considérablement amélioré. L'écurie abritait toujours de magnifiques chevaux que la dame monta jusqu'aux dernières semaines de sa vie. L'hiver, elle faisait atteler deux chevaux légers à un traîneau qu'elle lançait en des courses éperdues dans les petits chemins des rangs où l'on roulait encore la neige, surtout quand la nuit était claire et froide, pleine d'étoiles.

Elle mourut au printemps, après une courte maladie. Son corps déposé dans un triple cercueil fut amené à Québec par le train pour être embarqué sur un navire en partance pour l'Angleterre. Au moment de l'embarquement, l'archevêque anglican de Québec, entouré d'une délégation de la maison du Gouverneur général, vint bénir le cercueil, pendant qu'un détachement de soldats de la Citadelle lui présentait les armes.

Le château fut fermé. Seuls, les fermiers demeurèrent pour entretenir le domaine. Ils étaient toujours aussi rébarbatifs et n'hésitaient pas à lâcher les chiens pour refouler les curieux et à tirer quelques coups de fusil en l'air pour chasser les intrus. Après la guerre, ils retournèrent en Angleterre et furent remplacés par des fermiers venus de l'Ontario qui, eux aussi, ne parlaient que l'anglais.

Au printemps de 1925, le manoir fut l'objet d'une remise à neuf systématique. On y installa l'électricité, qui venait d'arriver jusqu'à Montbrûlis, des pièces furent transformées en salles de bain pendant qu'on nettoyait et rafraîchissait tout le domaine. Les fermiers et les domestiques se préparaient nerveusement à recevoir les nouveaux châtelains.

Ce fut une famille qui débarqua au port de Québec, venue d'Angleterre sur un bel *Empress* tout blanc, et c'est en automobile suivie de deux camions chargés de bagages, qu'elle gagna le château du quatrième rang. Elle y demeura tout l'été, jusqu'à la chute des feuilles.

Par la suite, elle revint y séjourner chaque année, de mai à octobre. Quoique peu fréquents, les contacts avec les gens de Montbrûlis étaient cordiaux. Cette famille recevait beaucoup. Le train et l'automobile avaient remplacé les vieux carrosses. La majorité des visiteurs venait de l'Ontario et les gens de Montbrûlis étaient intrigués de reconnaître à l'occasion des personnages importants du gouvernement fédéral.

Vers la fin du mois d'août 1939, les gens du village furent étonnés de voir arriver des équipes d'ouvriers qui élevèrent rapidement deux grandes baraques près des maisons des fermiers. L'accès au domaine fut restreint et l'allée fermée par une solide barrière. À peine ces travaux étaient-ils achevés qu'une troupe d'hommes portant l'habit militaire, des vétérans de l'*autre* guerre pour la plupart, vint occuper les baraques. Des militaires armés assurèrent aussitôt la garde du domaine. Aucune voiture n'entrait dans la propriété sans avoir été fouillée. Les fournisseurs devaient déposer leurs colis à l'entrée où ils étaient ouverts et examinés par des officiers. L'identité de tout visiteur était vérifiée, par téléphone, avec les gens du château. Cet automne-là, les hôtes du château ne repartirent pas pour l'Angleterre.

Ils n'y retournèrent qu'à la fin de la guerre et ne revinrent plus à Montbrûlis. Les baraques furent démolies. Quelques fermiers demeurèrent sur place pour surveiller le sommeil du domaine qui dura cinq ans, jusqu'à la visite que me fit le mandataire du Haut-Commissariat britannique.

Voilà, mon cher Maxime, une partie de l'histoire, bien oubliée aujourd'hui, de Saint Edmund's Manor. Mais je vois que votre verre est vide. Je vous offrirais bien une tasse de café mais je soupçonne que vous préférez goûter à nouveau cet excellent porto. Puis-je remplir votre verre?»

Comment refuser? La lumière du jour baissait doucement. À l'étage, Madame Quirion avait ouvert un album de la *Bonne Chanson* et jouait au piano quelques-uns de ces vieux airs que nous chantions en famille, les soirs d'hiver, accompagnés au piano par notre mère. «Un foyer où l'on chante est un foyer heureux», avait dit l'abbé Gadbois. Le notaire me tendit un verre...

— C'est alors, reprit Maître Quirion, que l'on me confia la vente du domaine. Ce ne fut pas facile car le prix était très élevé et on ne m'avait pas laissé une grande marge de manœuvre. À la fin, je reçus la visite d'une famille anglaise, immigrée au Canada au temps de la Crise, qui avait fait fortune avec une entreprise de biscuits et de caramel. Je crois que cette famille avait rêvé depuis toujours de posséder un manoir entouré d'un immense domaine. Saint Edmund's Manor leur plut et l'affaire fut traitée à la satisfaction des deux parties.

Ils avaient quatre enfants et chacun avait sa bande d'amis. De 1955 jusqu'en 1980, chaque été, on les vit arriver avec leurs amis. Une piscine avait été creusée et un tennis avait été aménagé. Une antenne de télévision fut dressée et les échos de la musique des chaînes stéréophoniques remplaça le bruit de la galopade des chevaux de la châtelaine d'autrefois, dans les chaudes soirées de juillet et d'août.

Les parents décédèrent peu avant 1980. Les enfants déjà dispersés ne venaient plus que rarement au manoir. Après le décès de leurs parents, deux d'entre eux décidèrent de retourner en Angleterre. Un troisième était déjà établi en Australie tandis que la fille avait épousé un homme d'affaires de Toronto et n'était plus intéressée à revenir au manoir. Une seconde fois, la vente du domaine me fut confiée.

C'est en préparant la vente de Saint Edmund's avec le fils aîné qui agissait au nom de sa sœur et de ses frères, que j'appris de lui plusieurs épisodes de l'histoire du domaine que le Haut-Commissaire n'avait pas jugé bon de me communiquer. C'est une histoire très romantique et très émouvante.

Il faut remonter à l'époque de la reine Victoria. Un de ses fils devint follement amoureux de la fille d'un duc que la reine, pour une raison qu'on ignore, détestait *souverainement*, s'il est permis d'employer cette expression. L'amour fut mutuel et total. Il leur naquit un fils, hors mariage, et la cour l'apprit. Victoria, qui croyait avoir restauré officiellement la réputation morale de la famille royale, refusa de consentir au mariage. Dévorée de chagrin et de colère, la jeune femme ne manquait pas, partout où qu'elle aille, de déblatérer contre la reine qu'elle traitait de «grosse commère obtuse, gonflée de choucroute, habillée comme une saucisse allemande», devant des invités sidérés qui ne manquaient pas de tout rapporter en haut lieu.

À une autre époque, on aurait condamné la jeune femme à la décollation. La reine lui interdit tout contact avec son prince qu'elle expédia en Nouvelle-Zélande et fit savoir discrètement à la société londonienne qu'elle serait très contrariée que l'on continue à la recevoir chez soi. Mais comme la jeune femme, qui avait des relations avec des personnages importants dans plusieurs cours d'Europe, continuait à colporter sa hargne sur le continent au grand amusement de la noblesse européenne, Victoria jugea que le prestige de la Couronne britannique était menacé. Elle imposa à la petite duchesse un exil permanent au Canada. Son enfant serait éduqué à Buckingham Palace avec les autres petits-enfants de la reine. Quant à son

amant, Victoria l'obligea à épouser une comtesse allemande soupçonnée d'une incurable frigidité. Elle l'expédia par la suite dans plusieurs colonies de la Couronne
comme représentant de la royauté, inutile et encombrant.

Revenu à Londres, le prince âgé et malade de malaria,
fit chercher le fils que la petite duchesse lui avait donné. Il
lui révéla ses origines et son rang et lui décrivit le destin
tragique de l'amour qui les avait unis, sa mère et lui. Après
la mort de son père, celui-ci obtint du roi Georges V, pour
lui-même et sa famille, la permission de venir habiter chaque été la maison où sa mère avait vécu trente ans et où
elle était décédée.

Quand la guerre de 1939-1945 fut près d'éclater, alors
qu'il se trouvait au Canada avec sa famille, le roi Georges VI
lui interdit de revenir en Grande-Bretagne. Il lui expliqua
qu'il était un héritier potentiel de la Couronne d'Angleterre. Advenant le cas où la famille royale périrait dans un
bombardement ou dans l'invasion des Îles Britanniques, la
royauté lui reviendrait de droit. Des documents établissant
son appartenance à la famille royale et son droit au trône
furent déposés aux archives secrètes du gouvernement
canadien à qui fut confiée la responsabilité d'assurer sa
sécurité et celle des siens.

Après la guerre, la famille retourna à Londres et à l'ano-
nymat le plus complet. Le fils aîné du marchand de caramel
qui avait acquis Saint Edmund's Manor, fit connaissance
d'une très vieille parente de la petite duchesse qui avait
appris de sa mère l'histoire de sa cousine exilée au Canada
par Victoria. Comme elle le trouvait charmant, elle s'en-
quit de son origine et des raisons qui l'amenait à Londres,

91

et elle ne put résister à l'envie de lui raconter ce qu'elle savait.

La vente du château et du domaine au peintre Carbonneau fut l'un de mes derniers actes notariés. Celui-ci ignore d'ailleurs complètement l'histoire de son manoir et je crois qu'il s'en désintéresse tout à fait. Les souvenirs de sa construction et de la châtelaine se sont effacés l'un après l'autre. Il ne reste plus que des bouts confus de légendes qui réapparaissent de temps à autre et qui disparaîtront bientôt.»

Le soir était venu. Maître Quirion me parut un peu fatigué par sa longue narration mais manifestement très heureux. Nous bûmes un dernier doigt de porto, échangeant de vagues propos sur les secrets des vieilles maisons. À son piano, Madame Quirion jouait *Pâle étoile du soir* ainsi que le faisait notre mère quand elle voulait mettre fin à nos chansons et nous signifier qu'il était temps d'aller au lit. Je remerciai mon hôte et le quittai.

La rue était vide et froide. Je marchai lentement, hanté par la pensée de la petite duchesse enfermée dans le dur hiver québécois. À quoi avait-elle rêvé en ces longues nuits où le vent hurlait sans relâche autour de sa grande maison? au fils qu'elle ne reverrait jamais? qu'elle n'embrasserait jamais? au prince qu'on avait arraché de ses bras? à la vieille reine stupide qui l'avait exilée dans un enfer blanc? Au moment d'entrer chez moi, je levai la tête et écoutai, le cœur serré... Il me sembla avoir entendu, venant de très loin, une sonnerie de grelots et un martèlement de sabots sur la neige durcie...

STATIONNEMENT
RÉSERVÉ

*J*e marchais tête baissée sur le trottoir de la rue Principale, attentif à éviter les flaques d'eau et les lames de glace noire entre les cassures des dalles de béton désagrégées par le calcium. Je n'ai aperçu qu'au dernier moment une automobile qui, à ma hauteur, fit une légère embardée pour éviter un camion qui venait en sens inverse et qui m'aspergea d'un bouillon épais d'eau sale, de calcium et de sable. J'allais crier au chauffeur ce que je pensais de son habileté à conduire un véhicule et lui suggérer de se doter d'une brouette, quand je m'entendis interpeller par Phil Tougas qui quittait la Caisse et avait été témoin de la douche qu'on m'avait servie.

— Bienvenue au printemps de Montbrûlis, mon vieux Maxime! Merci de partager avec nous tous les misères de notre splendide rue Principale!

Je n'avais pas le goût de plaisanter. Tout en essayant d'enlever le plus possible la boue qui salissait mes vêtements, je lus sur son visage une légère compassion qui diminua ma mauvaise humeur.

— La rue Principale est la plus ancienne de Montbrûlis, m'expliqua-t-il, et elle est aussi la plus étroite, la plus
achalandée et la moins bien entretenue. La construction
récente de plusieurs établissements commerciaux a contribué à augmenter à un point critique la circulation des automobiles, sans créer d'espaces de stationnement. Il est
devenu impossible d'arrêter la circulation pour réparer la
chaussée, alors on laisse aller les choses...

Tout le monde s'en plaint mais rien n'est entrepris. La
population est divisée. Ceux qui n'habitent pas la rue Principale, souhaitent qu'elle soit élargie en rognant sur les
belles pelouses des résidents, et ceux-ci ne cessent de répéter qu'il serait plus économique de construire un grand
parc de stationnement quelque part et d'interdire le stationnement des voitures dans la rue Principale.

— Le Conseil municipal n'est jamais parvenu à tran-
cher, à adopter une solution à ce problème?

— À chaque élection, tous les candidats promettent
de trouver la solution-miracle, mais, une fois élus, ils se
contentent de recommander des «études plus approfondies» estimant que la dizaine ou quinzaine «d'études approfondies» déjà produites ne sont pas suffisamment
«approfondies».

— Et le nouveau conseil? Le MIFPM? Il me semble
qu'il peut se servir du mauvais état de la rue principale
pour acculer Isidore Paquette dos contre le mur?

— Vous avez vu ce qu'il a fait le nouveau Conseil
depuis son élection? Après quelques flambées d'indignation politique qui ont produit de hautes gerbes d'étincelles
qu'Isidore a contemplées placidement, il ronronne et lèche

les problèmes administratifs comme un chat se lèche les pattes. Il doit attendre lui aussi qu'on lui remette une autre «étude approfondie...» Je vous laisse le bonjour car je dois retourner au journal.

Je pouvais comprendre qu'il soit légèrement cynique. Il devait être impatienté qu'il ne se passe presque plus rien à Montbrûlis pour alimenter ses chroniques. Les activités sociales, épuisées après un si long hiver, s'évanouissaient discrètement l'une après l'autre, et les ronronnements du Conseil municipal ne l'inspiraient pas. Alors il remplissait les blancs des pages du *Clairon* avec les bouchons fournis par le ministère de la Santé sur les méfaits du tabagisme ou de l'alcool et la nécessité de faire quelques minutes hebdomadaires d'exercice physique. Ou encore, il dépouillait la collection des éditions antérieures du *Clairon* pour y cueillir quelques faits divers oubliés avec lesquels il remplissait deux ou trois colonnes qu'il chapeautait de titres tels que: *C'était hier... C'était il y a cinq ans... ou dix ans.* Quand il ne trouvait rien de substantiel, il composait de toute pièce de longues et illisibles «lettres aux lecteurs», consacrées à des sujets très élevés, philosophiques ou moraux, qu'il signait du nom d'anciens Premiers ministres du Québec tels: Gédéon Ouimet, Alfred Mousseau, Napoléon Parent...

* *
*

Phil Tougas avait-il manqué de flair? Il n'a jamais pensé que la vie ronronnante du Conseil, et celle de Montbrûlis, serait perturbée par une sortie de Dalmas Touchette, le seul conseiller dévoué à Isidore Paquette. Ses interventions dans les discussions étaient maladroites et entortillées et impatientaient les conseillères.

Cette fois, il s'emporta et, brandissant un paquet de lettres de citoyens se plaignant des embouteillages, des lenteurs, de la saleté et du mauvais état de la chaussée de la rue Principale, il blâma l'inaction du Conseil qui réduisait «la plus belle rue du village à une misère de quêteux!»

— Il faut se décider! Il faut agir! déclara-t-il, enflammé pour la première fois de sa vie. La solution, c'est la construction d'un parc de stationnement municipal comme dans les villes importantes. Il y a deux grands emplacements libres le long de la rue Principale: la cour de l'ancienne conserverie vers l'est et, à l'ouest, le jardin de Phydias Marois, décédé l'automne dernier, que les héritiers veulent vendre. J'ai parlé aux propriétaires et tous sont prêts à discuter avec la municipalité. Je le répète, il faut se donner une politique, prendre une décision avant que notre belle rue Principale devienne un chemin de chantier.»

Jamais auparavant, Dalmas Touchette n'avait parlé aussi longtemps ni avec autant d'assurance à une séance du Conseil. Les conseillères le regardaient, muettes, les yeux grands ouverts. Après quelques toussotements, Isidore Paquette reconnut que la circulation dans la rue Principale prenait petit à petit des «dimensions problématiques» (il aimait cette expression qu'il avait entendue à Québec!), et que le Conseil devait se «pencher sur une solution adéquate et globale». Il remercia Dalmas Touchette de son intervention et proposa que l'on inscrive à l'ordre du jour de la prochaine assemblée du Conseil: «un échange préliminaire sur la possibilité d'étudier le projet de construire un parc municipal de stationnement».

Marie-France Poitras demanda immédiatement la parole et déclara qu'elle appuyait la proposition du maire. Elle ajouta que la construction d'un parc de stationnement dans l'*ouest* du village lui souriait beaucoup. Ce parc favoriserait la clientèle du Grand Marché, de la quincaillerie, de la pharmacie et même du salon funéraire, endroits très fréquentés et souvent congestionnés. Elle ne fit aucune allusion au fait que le futur parc, situé dans son quartier, serait voisin du restaurant *La Giroflée* dont elle était la propriétaire.

Avec un air tout aussi innocent et suave, Laurence Filion affirma qu'elle était «tout à fait favorable à l'idée que le Conseil amorce une réflexion sur la construction éventuelle d'un parc de stationnement...»

— Mais, ajouta-t-elle, j'émets quelques réserves sur le choix d'un emplacement à l'*ouest*. Celui de l'*est* me paraît s'imposer de toute évidence. Il serait adjacent à la clinique médicale, à la Caisse, à quelques bureaux d'affaires et au grand magasin de Pierre Laroche, lieux qui génèrent une intense circulation».

Comme Marie-France Poitras, elle passa sous silence que le futur parc, situé dans son quartier, serait aussi accessible à la clientèle de son salon de coiffure.

Isidore Paquette, feignant de ne pas remarquer les froncements de sourcils des autres conseillères ni la moue boudeuse de Florence Duhaime, remercia poliment les intervenantes et les assura qu'elles auraient toute latitude de défendre leur point de vue. Il suggéra que l'on passe à l'étude des autres sujets à l'ordre du jour.

*   *

*

Je ne sais qui rapporta l'incident «Dalmas Touchette» à Tougas mais, dans le *Clairon* de la semaine suivante, on pouvait lire un long article consacré à l'entretien des rues de Montbrûlis, dans lequel il prenait soin de féliciter Dalmas Touchette, qui n'y comprit rien, de son intervention courageuse qui avait ébranlé l'indifférence de certains élus municipaux face au problème de la circulation et du stationnement dans la rue Principale de Montbrûlis.

Il terminait son article en s'interrogeant sur la précipitation de deux conseillères de favoriser immédiatement, avant toute étude, un certain lieu plutôt qu'un autre. Fallait-il croire que l'aménagement d'un parc municipal de stationnement, à l'*est* ou à l'*ouest*, rencontrât les intérêts de certains personnages? Il laissait aux lecteurs du *Clairon* le soin de deviner quels intérêts et quels personnages.

Tougas réserva la troisième page de son journal au survol historique de la politique municipale sur la question d'un stationnement, payant ou non, à Montbrûlis. En vingt ans, on n'avait fait que remettre d'une élection à une autre la solution d'un problème de plus en plus urgent. Ou les fonds manquaient et l'on devait remettre le projet à une période plus faste, ou les pressions exercées par quelques *intervenants* qui redoutaient la perte de leur clientèle, attirée par les facilités de stationnement à l'autre bout de la rue, parvenaient à convaincre un maire ou des conseillers de retarder le projet sous le prétexte, toujours très sérieux, du besoin «d'une étude plus approfondie». Il terminait en se demandant si la politique que Dalmas Touchette avait réclamée, allait être soumise au même jeu d'influence et d'intérêt. Il redoutait qu'il en soit ainsi car l'intérêt de certains membres du Conseil pour un endroit ou pour un autre le laissait entrevoir.

À la lecture des articles de Tougas, Marie-France Poitras se prit à s'inquiéter de s'être compromise dans ce qui pouvait devenir un stupide conflit d'intérêts. Elle pouvait ignorer les questions du directeur du *Clairon*, garder le silence, espérer que l'affaire soit rapidement oubliée. Elle préféra, après avoir réfléchi quelques jours, répondre à Tougas dans une lettre qui traduirait ses explications et son «profond désir» de servir la population. Elle ignorait que Laurence Filion, outragée et furieuse que l'on répande des doutes sur son honnêteté, venait d'expédier au journal une lettre dans laquelle elle prétendait sèchement rectifier les faits et défendre la légitimité de son choix «respectueux du plus grand intérêt de la population».

Ce qui n'aurait pu être qu'une chicane entre conseillères inexpérimentées, se transforma en débat acrimonieux entre les clients et les clientes de *La Giroflée* et ceux et celles du salon de coiffure de Laurence Filion. Ce qui était échangé aux tables du restaurant, était rapporté, avec d'énormes déformations, d'un fauteuil à l'autre du salon de coiffure, et ce qui était discuté sous les séchoirs, était décortiqué entre les quiches et les salades à *La Giroflée*.

Les deux conseillères qui s'étaient montrées favorables

à la suggestion de Dalmas Touchette, étaient boudées par les trois autres qui, tout en reconnaissant la nécessité de la construction d'un parc de stationnement, répugnaient par principe à faire le jeu d'Isidore Paquette. Il fallait s'unir et travailler à modifier le projet de telle sorte qu'il échappe pour une grande part aux initiatives de Dalmas et d'Isidore.

Par ailleurs, l'une et l'autre conseillères favorables au projet de Touchette tenaient à ce que le parc soit construit dans leur circonscription. Pour ne pas être accusées de politicaillerie, elles avaient créé des comités discrets où leur nom n'était jamais prononcé et qui défendaient leurs options respectives. En même temps, dans chaque circonscription, des citoyens peu disposés à recevoir un parc de stationnement dans leur voisinage, militaient pour que le parc soit construit dans la circonscription voisine.

Il fallut un certain temps à Isidore Paquette, pourtant habitué aux combinaisons politiques les plus déconcertantes, pour s'y retrouver, d'autant plus qu'il avait eu vent que des marchands de la rue Principale s'étaient alliés à quelques propriétaires de maisons vieillottes, vouées à la démolition prochaine, pour préparer une transformation radicale de la «grande» rue qui voyait disparaître sa vocation résidentielle au profit du projet de la «future artère commerciale».

La salle du Conseil était remplie lors de la réunion mensuelle de mai. Au moment où allait s'amorcer le débat attendu, Florence Duhaime présenta une motion, croyant ainsi déjouer la manœuvre de Paquette, dans laquelle l'étude du projet de stationnement était reportée à l'automne afin, dit-elle, «qu'elle soit inscrite dans une perspective de développement global et de croissance économique durable pour Montbrûlis».

«Je ne rejette pas, affirma-t-elle, l'urgente nécessité de résoudre le problème de la circulation dans la rue Principale. Je suis convaincue qu'*une vaste consultation auprès des intervenants du milieu* s'impose dans la recherche d'une solution qui touche à tous les aspects sociaux, économiques, environnementaux et patrimoniaux de la rue Principale, première rue de Montbrûlis, berceau de sa fondation et témoin de son progrès constant depuis plus de cent ans.»

Nicole Langevin appuya la motion de Florence qui fut adoptée à l'unanimité. À la grande surprise des conseillères et des assistants, Isidore Paquette vota en faveur de la motion ainsi que Dalmas Touchette qui votait toujours comme lui. Quant à Marie-France Poitras et Laurence Filion, elles s'y résolurent à contre-cœur sous le regard impérieux de Florence Duhaime. Et on était passé à autre chose... Dégoûté, Phil Tougas avait quitté la salle du Conseil en se promettant de ne plus consacrer une seule ligne du *Clairon de la Vallée* au problème de la circulation et du stationnement à Montbrûlis. «Ils pourront bien le suspendre en plein ciel, leur stationnement, je n'inviterai personne à lever la tête pour le regarder.»

Dans les jours qui suivirent, Isidore Paquette observa le silence et l'oubli qui peu à peu enveloppaient le projet d'un stationnement pour les clients de la rue Principale. Quand il fut convaincu que les esprits s'étaient attachés à autre chose, il eut une longue conversation téléphonique avec Gerry Bibeau, le propriétaire de l'hôtel délabré, fermé depuis plusieurs mois, qui déparait le centre de Montbrûlis.

Bibeau cherchait à vendre son hôtel depuis l'échec de son projet d'un festival d'hiver western à Montbrûlis. Il accepta de rencontrer Isidore dans un restaurant de Québec, à l'abri des regards indiscrets et loin de Phil Tougas.

Si la première rencontre fut orageuse, celles qui suivirent furent plus calmes et plus fructueuses. À la fin, en présence de leurs avocats, une lettre fut signée par Gerry Bibeau, adressée au Conseil municipal de Montbrûlis, dans laquelle il offrait de céder l'hôtel et le terrain de stationnement qui l'entourait pour un prix équivalent à la moitié de l'évaluation municipale et l'extinction de toute dette de taxes impayées.

Isidore Paquette se réserva la lettre. Elle ne serait communiquée au Conseil que lors de la réunion de septembre. Il venait de réussir l'un des grands coups de sa carrière. Non seulement, il débarrassait Montbrûlis de l'hôtel que les conseillères détestaient et que la population voulait voir démolir, mais en plus il avait trouvé une solution au problème de stationnement dans la rue Principale en construisant un parc en plein centre du village pour la moitié du coût de l'acquisition de l'un ou de l'autre des terrains que Dalmas Touchette avait proposé d'acheter.

Il savait qu'il rallierait l'opinion publique autour de son projet. Il allait reprendre l'initiative de la politique municipale de Montbrûlis et avait discrètement fait la preuve que les conseillères n'étaient pas encore prêtes à diriger la municipalité. Ni lui à quitter la mairie!

LE PROPHÈTE
ET LES TRACTEURS

*D*ernier dimanche de juillet. L'après-midi se dissout lentement sous la pluie comme pour couler goutte à goutte vers une grande mare bleue et verte. Les gens du village se tiennent cois comme s'ils voulaient se faire pardonner les espiègleries d'hier.

De la fenêtre de ma cuisine, j'aperçois Angéline et Rosaire, mes voisins, debout sur la galerie de leur maison, inquiets du sort des massifs floraux entourés de tant de soins, que la pluie lessive comme du linge souillé. Je me demande ce que Rosaire pense de la journée d'hier, et surtout de ce Jérémie L'Espérance, un confrère de travail qu'il a, d'une certaine façon, pour lui en avoir tant vanté les beautés, induit à Montbrûlis.

Rosaire et Angéline étaient nés à Montbrûlis, y avaient grandi et s'y étaient épousés. Ils vivaient dans la grande maison familiale des Couture dont Angéline avait hérité à la mort de sa mère. Ils nourrissaient pour leur village et sa campagne un amour entêté qu'ils ne cachaient point et qui les entraînait en d'interminables évocations bucoliques des charmes de Montbrûlis.

Quant à Jérémie L'Espérance et son épouse Bérénice, ils n'aspiraient qu'à quitter Québec et à s'établir à la campagne où ils pourraient réaliser leur rêve d'une vie simple et près de la nature, au grand air, loin des poisons de la ville, mangeant les légumes de leur jardin biologique et les fruits de leurs pommiers, et soignant avec des plantes les petits malaises quotidiens.

Bien avant mon arrivée à Montbrûlis, Rosaire et Angéline avaient invité les L'Espérance à visiter une maison paysanne bien assise sur un carré de quatre arpents, à l'ouest du village et à l'entrée du premier rang. Elle était à vendre depuis plusieurs mois. Les L'Espérance avaient été enchantés. Ils s'étaient endettés pour en faire l'acquisition et étaient venus s'y établir au début de l'été, avec leurs deux enfants, Élodie et Tobie.

Dès ce premier été, ils connurent des embarras qu'ils surmontèrent difficilement, en dépit de leur inébranlable enthousiasme. Le «grand air» était souvent alourdi des effluves qui s'échappaient des fermes porcines dispersées dans la campagne, surtout quand le vent, soufflant de l'ouest, venait les déposer autour de leur maison. Après quelques jours de pluie, l'eau du puits était jaunâtre et dégageait un subtil parfum de pâturage. Les limaces firent bombance dans leur jardin et les pommiers qu'ils avaient refusé d'arroser d'insecticides, ne produisirent que des fruits véreux. «La saison prochaine serait meilleure», se répétaient-il pour s'encourager.

Elle ne fut pas meilleure. Elle fut même plus difficile.

Jérémie L'Espérance, qui croyait avoir trouvé à Montbrûlis le lieu de l'harmonie heureuse entre l'homme et la nature, connut les affres d'un tragique débat intérieur qui prit fin en une sorte d'illumination: Montbrûlis n'était pas encore le paradis de la vie harmonieuse avec la nature, mais il le deviendrait! Montbrûlis avait besoin de lui, Montbrûlis l'avait attendu! Il lui avait été envoyé comme un prophète pour le conduire à l'ère écologique où tout ne serait que «luxe, beauté, calme et volupté...» et harmonie avec l'environnement! Ouvrant les bras, Jérémie L'Espérance s'était offert tout entier à la tâche que Mère Nature lui confiait.

Il était loin de se douter de la capacité de résistance au changement et du scepticisme muet qu'une communauté comme celle de Montbrûlis peut offrir aux enthousiasmes prophétiques qui exigent des transformations immédiates et des dépassements exaltants. La communauté ne connaît que les lentes mutations qu'elle conçoit et prépare longtemps à l'avance et qu'elle achève en de courtes échéances répétées d'une génération à l'autre.

Jérémie L'Espérance inaugura sa «mission» par une lettre adressée au *Clairon de la Vallée*. Il y confiait ses inquiétudes sur la conformité du lieu d'enfouissement des déchets domestiques de la municipalité avec les normes édictées par le ministère de l'Environnement. Des questions le tourmentaient: la nappe phréatique à laquelle s'alimentaient plusieurs puits du village et des fermes environnantes, était-elle protégée des dangers de la contamination? Il évoquait nombre de graves négligences en ce domaine qui avaient privé des milieux similaires à Montbrûlis de toute eau potable et contraint les populations à s'approvisionner à fort prix auprès de marchands d'eau potable qui ne manquaient pas de profiter de la situation.

Sa lettre ne provoqua aucun remous parmi les lecteurs du *Clairon*. Personne ne la commenta. Personne ne s'inquiéta. Les camions continuèrent à transporter leur cargaison de déchets au lieu habituel. Il s'y attendait. Il savait que sa mission serait longue et difficile. Il lui fallait du courage et de la ténacité. Il n'en manquerait pas. Aussi, un mois plus tard, il récidiva.

Cette fois, il ne se contentait pas de poser des questions pour amorcer un débat. Sur un ton hautain et acerbe, il dénonçait, il accusait, il exigeait une action immédiate. Complètement insensible à la lourdeur de la tâche qu'il voulait imposer aux élus municipaux, il réclamait la fermeture immédiate du lieu d'enfouissement et sa décontamination ainsi que la mise en place tout aussi immédiate de la cueillette sélective des déchets domestiques, et du recyclage obligatoire des matières solides.

L'article de L'Espérance m'agaça. Je m'en ouvris à Rosaire Toupin qui me jeta un regard désespéré:

— J'ai tenté de le modérer mais il n'écoute personne. Il se croit investi d'une mission écologique. Il s'est voué à une cause, prétend-il, dont dépend la survie de Montbrûlis... et peut-être de la planète! Il est convaincu qu'il accomplira de grandes choses et que la population entière de Montbrûlis se rangera bientôt derrière lui et se mettra en marche sous sa houlette de berger de l'âge écologique vers le royaume de l'harmonie éternelle entre l'humanité et la nature. Et dire qu'il est si charmant quand il ne parle pas d'écologie et que Bérénice est une femme très simple et très gaie...

Quelques mois plus tard, sans doute après avoir réfléchi sur le peu de retentissement de ses articles, et avoir compris qu'il fallait éduquer avant de se lancer dans l'action, Jérémie L'Espérance offrit à Phil Tougas de rédiger une chronique mensuelle consacrée à l'écologie afin de «sensibiliser» et de «conscientiser» les gens de Montbrûlis et tous les lecteurs du *Clairon* à l'urgente nécessité de protéger l'environnement.

Après quelques hésitations, Tougas accepta de publier un premier texte dans le *Clairon*, se réservant cependant le droit de refuser les suivants selon les réactions des lecteurs. Je fus peut-être le seul lecteur à réagir et je ne cachai pas mes critiques à Tougas qui m'en remercia.

Je trouvai l'article assommant. L'Espérance donnait l'impression d'avoir puisé abondamment dans «*le petit dictionnaire des expressions reçues et utilisables par tout animateur de groupe de pression*». Revenaient constamment les mots sensibilisation, animation, responsabilisation, (sic!), accolés à la tournure obligatoire «vaste campagne», suivis de l'appel aux «intervenants du milieu». Il proposait la «formation de groupes de pression» et de «tables de concertation» à tous les niveaux afin de réunir une «vaste» (encore!) coalition des personnes soucieuses de la qualité de l'environnement qui réclamerait une enquête approfondie débouchant sur une politique environnementale globale générant des actions immédiates soumises à des contrôles incontournables! Ces expressions étaient chevillées l'une à l'autre par l'inévitable «au niveau de» qui scandait son texte comme un accord de guitare crevée.

À la fin, Jérémie L'Espérance offrait de prononcer des conférences et d'animer des groupes de réflexion et même des colloques sur des questions environnementales. L'automne s'acheva et l'hiver suivit sans qu'une seule invitation lui fut adressée.

Tougas avait refusé la seconde chronique de L'Espérance. Il en fut frustré. Je crois que c'est à partir de ce moment qu'il noua de nombreux contacts avec des mouvements environnementalistes de Québec et d'ailleurs, dans l'espoir de présenter un exemple irrésistible aux gens de Montbrûlis qui les verraient à l'œuvre dans la défense de ce milieu de vie dont ils se désintéressaient honteusement.

Au début de juin, l'été crut s'imposer en nous encerclant de lourde chaleur humide dont le vent profita pour amasser au-dessus de Montbrûlis les odeurs des fermes porcines de toute la région. L'Espérance vit que le village commençait à râler contre les producteurs. L'occasion lui parut favorable pour tenter un nouveau coup de «sensibilisation».

Il adressa une longue lettre au *Clairon*, encore une fois, dans laquelle il dénonçait «l'inertie et l'irresponsabilité des élus municipaux qui favorisent la multiplication des fermes d'élevage du porc au mépris de la santé collective». Dans une grande envolée, il décrivait les maux qui nous accablaient tous:

— Un nombre croissant d'habitants de Montbrûlis, en particulier les personnes âgées et les enfants, sont accablés de maux de gorge, de difficultés respiratoires, de nausées, de toussotements interminables. N'oublions pas les odeurs persistantes qui s'attachent à nos vêtements et nous mettent à la gêne quand, obligés de fréquenter un lieu public, nous voyons les gens s'écarter de nous, le nez pincé. Les cuisines de nos demeures et les salles familiales sont envahies par des relents de fosses à purin. Les femmes désireuses de préparer des repas appétissants pour leur époux et leurs enfants sont obligées de jeter à la poubelle les plats écartés par leur famille dégoûtée. Qui ne serait ému par le spectacle de jeunes enfants cherchant où respirer l'air sain dont leurs jeunes poumons ont besoin? Il est temps qu'une réprobation populaire massive contre l'empoisonnement de l'air par les éleveurs de porcs s'exprime dans une manifestation d'une grande ampleur.

La semaine suivante, le *Clairon* contenait de la publicité payée par une coalition impressionnante d'organismes écologiques et environnementalistes dont personne à Montbrûlis n'avait jamais entendu parler et qui étaient voués à la défense de l'air, de l'eau, des forêts, des berges, des rivières, des ruisseaux, des étangs, des marécages, des courants d'air et des couchers de soleil. Les citoyens de Montbrûlis étaient invités instamment à participer à une grande manifestation contre la pollution de l'air causée par la multiplication des fermes porcines. Des délégations de chacun de ces organismes viendraient fraterniser avec la population Montbrûloise, le samedi 27 juillet.

On promettait une grande célébration dans les chants et la joie de l'harmonie retrouvée entre l'homme et la nature. Un défilé parcourrait à pied la rue Principale qu'on invitait à pavoiser pour cette occasion exceptionnelle. Les enfants pourraient se joindre au défilé avec leurs bicyclettes à la condition qu'elles soient décorées. Ceux et celles qui le désireraient, pourraient se faire maquiller et des ballons seraient distribués à tous les participants. Même les poussettes étaient les bienvenues.

Quant aux adultes, s'ils décidaient de se transformer en clowns en revêtant des costumes fantaisistes, ils ajouteraient un brin de folie à la joie collective. Tous ceux et celles qui jouaient d'un instrument de musique pourraient former de petits orchestres improvisés qui animeraient la foule et le cortège tout au long de la rue Principale. À la fin du parcours, dans un champ loué à Elphège Bordeleau à l'extrémité ouest du village, il y aurait un grand rassemblement des participants qui pourraient échanger leurs impressions et leurs objectifs en dégustant des jus de fruits, des trempettes de légumes crus avec des sauces à base de yogourt léger et d'énormes salades biologiques. Tous les couverts seraient biodégradables!

Après avoir lu cette publicité, Lauréat Bouvier, président de la section locale de la Fédération des producteurs de porcs, se précipita dans le bureau du maire Paquette pour lui demander des explications. Celui-ci lui fit remarquer que le Code civil lui interdisait de refuser la permission de manifester publiquement leur opinion à des groupes qui en faisaient la demande et s'engageaient à respecter les règlements élaborés par la municipalité. Les organisateurs avaient promis de manifester pacifiquement, de commencer à une heure précise et de terminer vers quatre heures, ainsi que d'assurer un service d'ordre adéquat. En aucun moment, la manifestation ne déborderait la rue Principale. Il semble, à ce qu'on a prétendu sans en avoir eu de preuve, que les deux hommes discutèrent longuement à voix basse et se quittèrent, très satisfaits, après une chaleureuse poignée de main.

* *
*

Dans les jours qui suivirent l'annonce de la tenue de cette grande manifestation, mon étonnement ne fit que croître devant l'absence d'intérêt, l'indifférence des gens de Montbrûlis à l'endroit d'un événement que des étrangers organisaient à *leur* place, sur *leur* territoire, pour défendre en *leur* nom une certaine qualité de *leur* vie. On n'en parlait nulle part, ni dans les rues, ni dans le parc, ni au Grand Marché ni au garage Beauchemin qui étaient pourtant les centres nerveux des communications potinières du village.

Je m'en ouvris au notaire Quirion avec qui je revenais de la Caisse, quelques jours avant le samedi de la grande manifestation, lui faisant part de ma surprise et de mon inquiétude: les gens étaient trop calmes, trop indifférents, trop détachés en apparence. Je n'aimais pas cela. Je redoutais le pire: une contre-manifestation spontanée qui dégénérerait en affrontement...

— Mon cher Maxime, me répondit-il en souriant, vous ne connaissez pas encore très bien les gens de Montbrûlis. Malgré leurs fréquentes querelles stupides comme celle des COPAINS EN OR, ce sont des gens paisibles, tolérants et remplis d'un humour qui leur est propre... Je suis convaincu que rien de regrettable ne surviendra le jour de la manifestation. Cependant, monsieur L'Espérance a commis une grave erreur, *un péché contre l'esprit* comme l'auraient qualifié mes professeurs du Séminaire, et qui ne lui sera pas pardonné. Il a humilié les gens de Montbrûlis qui sont fièrement attachés à leur village et à leur montagne, en laissant entendre qu'ils étaient insensibles à leur beauté et indifférents à leur conservation. Croyez-moi, Maxime, nous allons bien nous amuser, samedi prochain!

Le samedi arriva paisiblement, sans hâte: jour de grand soleil souriant et de nuages débonnaires qui roulaient lentement leurs gros ventres vers le Fleuve. Pour nous faire plaisir, le vent avait repoussé les odeurs de porcherie vers les montagnes au-delà du Brûlis. Les gens de Montbrûlis étant hospitaliers et accueillants à l'égard de tous les visiteurs, d'où qu'ils viennent, se préparaient à consacrer leur après-midi à «voir passer la procession, comme disait Madame Gervais, d'autant plus qu'il n'y en avait plus beaucoup, maintenant».

Personne ne prêta attention à l'arrivée, vers le milieu de l'avant-midi, du gros tracteur de Lauréat Bouvier qui vint se garer à l'entrée de l'une des portes du garage Beauchemin, dans l'attente que les mécaniciens le fassent pénétrer à l'intérieur et le soumettent à un minutieux examen qui, selon les apparences, leur permettrait de comprendre quelque chose au mauvais fonctionnement de ses entrailles de fer.

Les mécaniciens tardaient et, debout, près des pompes à essence, Bouvier et Beauchemin amorcèrent une conversation très animée, pleine de gros rires, pendant qu'un autre tracteur venait se garer à une autre porte, prétendant lui aussi avoir des ennuis mécaniques sérieux qui ne pouvaient attendre. Peu après, il en arriva un autre, puis un autre... puis un autre qui, ensemble, formèrent un gros bouchon devant le garage obligeant les nouveaux arrivants, car il ne cessait d'en arriver de tout Montbrûlis et même des paroisses environnantes, à se glisser dans tous les espaces libres de stationnement le long de la rue Principale que des automobilistes souriants leur abandonnaient comme si un discret mot d'ordre avait circulé. On aurait cru qu'une subite épidémie virale avait frappé tous les tracteurs de la région et les avait précipités au garage Beauchemin au même moment.

À midi, il était impossible de trouver un espace de stationnement dans toute la rue Principale. La circulation était frappée d'une lenteur qui approchait la paralysie. De longues files de tracteurs attendaient leur tour pour s'approcher du garage Beauchemin avec une patience et une résignation dignes de la salle d'urgence d'un grand hôpital urbain.

Les fermiers se rassemblaient autour de l'un ou l'autre des tracteurs pour discuter et partager bière et sandwiches, pendant que Beauchemin et ses mécaniciens continuaient à écouter avec de longs hochements de tête les râles du tracteur de Bouvier.

Quant aux gens du village, ils vinrent retrouver dans la rue un parent, un beau-frère ou un vieil ami. De nouveaux groupes se formèrent qui occupèrent la rue et rendirent toute circulation impossible. Les enfants comprirent vite que la rue leur appartenait et que les tracteurs étaient les plus merveilleux jouets du monde. Ils se hasardèrent à grimper sur les tracteurs et à jouer aux gros fermiers, imitant tous les grondements et les klaxons qu'ils prêtaient à ces monstres qu'ils pouvaient enfin dominer. À un moment donné, peu avant l'heure où la manifestation devait se mettre en route de l'extrémité est du village, il sembla que Montbrûlis tout entier était descendu dans la rue Principale et improvisait autour des tracteurs une fête comme on n'en avait jamais vue.

Quand les premières délégations, toujours moins nombreuses que prévu, parvinrent au lieu de ralliement, elles furent accueillies par un Jérémie L'Espérance au bord de la crise nerveuse. Comment obtenir des producteurs agricoles qu'ils retirent leurs tracteurs de la rue? Comment demander aux gens de Montbrûlis qu'ils rentrent chez eux et laissent les manifestants conduire leur marche? Avec quels arguments les convaincre que cette manifestation était dévouée à leur plus grand bien, pour leurs enfants, pour leur environnement? Il faudrait tout l'après-midi! Il était impensable d'entraîner une centaine de manifestants brandissant des pancartes qui dénonçaient les producteurs de viande porcine, les bicyclettes et les poussettes, entre deux files de tracteurs entourés d'hommes et de femmes qui s'amusaient follement de l'aventure, et les trâlées d'enfants qui couraient entre les jambes des adultes d'un tracteur à l'autre.

Jérémie L'Espérance se hissa sur une caisse parmi les manifestants frustrés qui songeaient à rebrousser chemin. Il fit un discours enflammé et douloureux dans lequel il dénonça «la violence et l'intolérance dont les manifestants étaient l'objet de la part de certaines personnes peu scrupuleuses, prêtes à toutes les ignominies pour conserver leurs intérêts et leurs gains!»

— La cause de l'environnement a subi un revers temporaire mais l'échéance approche où les efforts de sensibilisation et d'animation porteront fruit et rendront l'avenir écologique...

La petite foule se dispersa, laissant traîner le long des clôtures les pancartes qui n'avaient pas servi, sous les regards des vaches impassibles.

Quand les derniers manifestants défenseurs de l'écologie eurent quitté le lieu de leur ralliement, les premiers tracteurs, répondant à un signal mystérieux, commencèrent à dégager la rue Principale et reprirent le chemin des fermes. Une demi-heure plus tard, au grand soulagement du curé Archambault inquiet pour le sort de la messe de cinq heures, Lauréat Bouvier, apparemment satisfait de la bonne condition de son tracteur, et triomphant modestement sous les applaudissements de quelques producteurs de porcs, reprenait le chemin de sa ferme.

DE FESTIVAL
EN FESTIVAL

*L*a grande affaire qui perturba pendant de longs mois la paisible population de Montbrûlis, fut celle du festival de Saint-Octave et de ses répercussions sur les relations entre les deux villages.

Quand Phil Tougas consacra, à l'automne, trois pages du *Clairon de la Vallée* au projet du FESTIVAL DES ÉPINETTES dont la municipalité de Saint-Octave venait de faire l'annonce, tout Montbrûlis en fit des gorges chaudes: il n'y avait que les gens de Saint-Octave, reconnus pour leur manque total d'imagination pour inventer une festival inspiré par les épinettes! Pour ces bûcherons assoiffés, ce ne pouvait être qu'une occasion de beuveries, de tapage et «farces plates».

Il faut dire que les habitants de Montbrûlis possédaient la conviction tranquille que leur village était plus riche, plus attrayant et mieux administré que celui de Saint-Octave, leur voisin. Ils avaient aussi la prétention d'être plus instruits et plus entreprenants que ces «gros-bras» qui ne parlaient que de chantiers, de «pitounes» et de bois de sciage.

Fondés presque à la même époque, les deux villages avaient connu des destins différents. Montbrûlis, bien assis sur de bonnes terres agricoles, avait connu très tôt une modeste prospérité dont il avait joui sans remords et avec une secrète satisfaction de lui-même. Saint-Octave, quant à lui, avait été bâti avec les cailloux de ses champs qu'on ne finissait jamais de ramasser en monceaux que le diable, disait-on, se dépêchait d'éparpiller dès que les hommes montaient dans les bois pour l'hiver. Les premiers colons avaient compris rapidement que l'agriculture ne serait jamais pour eux qu'un métier de misère. Ils avaient oublié les belles prairies et les grands champs de blé et étaient partis à l'assaut de la forêt. Avec les années, Saint-Octave était devenu un important centre d'exploitation forestière.

Quand le commerce du bois était rentable, les «octaviens» dépensaient sans compter, quitte à vivre chichement quand l'industrie de la construction connaissait des ralentissements ou que la baisse du prix du papier journal obligeait à fermer les chantiers pour de longues saisons. Exubérants, forts en gueule et quelque peu bagarreurs, ils avaient la passion des fêtes bruyantes et bien arrosées. À leurs yeux, Montbrûlis était un village ennuyeux où l'on se couchait de bonne heure et où il fallait marcher en serrant les fesses.

Les commentaires hautains et dédaigneux des gens de Montbrûlis ne changeaient rien au fait que le projet d'un festival inspiré par les immenses forêts qui couvraient l'arrière-pays de Saint-Octave, était très heureux. Il exprimait le dynamisme et la créativité dans l'exploitation de la seule ressource dont ces gens aient jamais disposé pour créer leur communauté et assurer sa survie.

Puis, on prit le temps d'examiner d'un peu plus près le programme du FESTIVAL DES ÉPINETTES. La part des réjouissances collectives était, comme il fallait s'y attendre, copieuse et colorée: soirées de danses carrées, soupers canadiens arrosés de bière d'épinette, veillées «country», concours et défis entre travailleurs forestiers, et l'élection, non pas d'un roi et d'une reine, mais du meilleur «gars de chantier» et de la meilleure «*couque* de chantier». Le cœur du festival était cependant la présentation d'une importante exposition consacrée à la forêt, au travail en forêt, à la lutte contre les fléaux: incendies, insectes et maladies. De plus, dans la grande salle de l'école, on présentait une extraordinaire collection de petites sculptures au couteau, œuvres des «gars de chantier», exécutées au cours des longues soirées dans les camps et conservées dans les familles depuis des générations.

Les organisateurs du festival avaient invité la population à décorer les maisons avec des branches d'épinette qui, à la fin du festival, serviraient à alimenter un grand feu de joie. Le Conseil municipal avait créé l'ORDRE DE L'ÉPINETTE NOIRE pour honorer les mérites des citoyens et des citoyennes de Saint-Octave qui avaient contribué à l'essor de l'industrie du bois et encouragé le reboisement et la préservation des ressources forestières.

Les premiers à Montbrûlis à mettre fin aux railleries et à modifier leur attitude à l'endroit du festival de Saint-Octave, furent quelques marchands comme les Guilbaut,

Pierre Laroche, Beauchemin le garagiste et le propriétaire de la «Quincaillerie du Village». Ils durent admettre que les organisateurs du festival faisaient montre d'un grand sérieux et d'une étonnante efficacité. Ils avaient intéressé plusieurs commanditaires et même, à Montbrûlis, de plus en plus de gens, après avoir juré de ne pas aller montrer le bout de leur nez parmi les épinettes de Saint-Octave, devenaient intéressés et promettaient, non pas d'aller participer au festival, mais d'aller rendre visite à leur parenté de Saint-Octave pendant le festival... Les marchands conclurent que le festival de Saint-Octave entraînerait une baisse du volume de leurs affaires au milieu d'une saison où elles n'étaient jamais très bonnes.

Après quelques rencontres discrètes et des appels téléphoniques prolongés à Isidore Paquette, les marchands s'entendirent pour lancer l'idée qu'un festival d'été serait une bonne chose pour Montbrûlis. S'il était manifestement trop tard pour proposer que l'on organise un festival l'été prochain, il était à propos d'amorcer l'étude d'un projet pour l'été suivant. Aussi, quelques amis des commerçants et d'Isidore Paquette laissèrent entendre à Phil Tougas qu'en *certains milieux* «on commençait sérieusement à envisager la possibilité de lancer le projet d'un festival d'été à Montbrûlis».

Dans la première semaine de décembre, Tougas — qui avait compris le message — écrivit dans le *Clairon* un long éditorial dans lequel, après avoir félicité et louangé les initiateurs du FESTIVAL DES ÉPINETTES de Saint-Octave, il décrivait les nombreux avantages qu'une municipalité comme celle de Montbrûlis pouvait espérer retirer d'un projet similaire. Il ne s'étendit pas sur l'opinion de plusieurs qui prétendaient que ces avantages étaient factices et coûtaient fort cher. En terminant, il invitait la population de Montbrûlis à exprimer son opinion sur la tenue d'un festival et même à suggérer le thème ou les modalités qu'il pourrait revêtir...

La première réaction qui parvint au bureau du *Clairon* fut celle de Jérémie L'Espérance qui, malgré l'échec de la manifestation contre les producteurs de porc, n'avait pas renoncé à répandre la bonne nouvelle du salut par l'écologie. Dans une longue lettre que publia le *Clairon*, il confiait que le projet du festival de Saint-Octave l'avait plongé dans une douloureuse inquiétude: ce festival serait-il autre chose que la glorification du saccage des forêts québécoises?

— «Si Montbrûlis met sur pied un festival, insista-t-il, il faut qu'il soit consacré à la sauvegarde de l'environnement. Pourquoi ne pas réserver une quinzaine de jours à la sensibilisation de la population de Montbrûlis à la dégradation de son environnement, à la pollution de ses eaux, de son air, de son sol? Pourquoi ne pas entreprendre une vaste campagne d'éducation à une saine alimentation, végétarienne et biologique? Pourquoi ne pas profiter de l'occasion du festival pour créer une commission de surveillance *réunissant tous les intervenants du milieu* qui, par *une entreprise de conscientisation*, mettrait la population en garde contre les dangers de la détérioration de la couche d'ozone contre laquelle il faut absolument lutter de toutes nos forces?»

La semaine suivante, le *Clairon* reproduisait une lettre à l'éditeur, signée conjointement par les Francs-tireurs de l'Archange Saint Michel et les Combattants du Cœur de

Marie qui proposaient la tenue «d'un festival de nature religieuse, consacré à la rééducation de la foi et des bonnes mœurs dans le contexte d'une quinzaine remplie de longues heures de prière collective, de nombreuses conférences religieuses et du visionnement de films évoquant la vie de saints personnages, qui se terminerait par une procession pénitentielle et serait couronné par la consécration de Montbrûlis à Notre-Dame-de-Medjugorie». Ils ne manquaient pas de se dire prêts à se dévouer bénévolement à la préparation et au déroulement du festival.

D'autres groupements s'efforcèrent de gagner la faveur du public à leur projet de festival, d'une manière plus discrète mais souvent plus agressive. Ainsi, Marie-Ange Robidoux usa et abusa du téléphone pour contacter tous les aînés et aînées qui acceptèrent de l'écouter, de la nécessité que le festival de Montbrûlis soit consacré aux personnes âgées afin de faire reconnaître leur place dans la société et réclamer davantage de privilèges.

Les producteurs de viande porcine ne furent pas les derniers à intervenir. En toute occasion, ils ne manquaient pas de laisser entendre ouvertement à qui voulait écouter, que le meilleur festival pour Montbrûlis, le plus favorable à ses véritables intérêts, était un *festival de la charcuterie.*

Annette, la fidèle secrétaire d'Isidore Paquette, recueillait ces opinions, en faisait une synthèse et les classait dans des dossiers qu'elle déposait sur le bureau du maire. Quoique pour des raisons personnelles le maire fût secrètement opposé à la tenue d'un festival d'été à Montbrûlis, il prenait le soin de lire attentivement les dossiers que lui apportait Annette.

Malgré la défaite cuisante de son programme aux dernières élections municipales de Montbrûlis, il n'avait pas renoncé à le réaliser. Il rêvait encore d'établir une station de sports d'hiver à Montbrûlis, avec des chalets, des condominiums et un hôtel de grande classe. Il avait promis à Martine, son épouse, d'abandonner la politique s'il ne parvenait pas à convaincre la population, aux prochaines élections, d'adhérer à son projet. Il escomptait que les discussions entourant la préparation d'un festival mettent en lumière qu'un festival ne rapporte presque rien à une municipalité et ne dure jamais longtemps. Alors, devant un échec assuré, les commerçants influents inviteraient la population à rechercher quelque chose de différent, de consistant et de durable. Isidore Paquette proposerait alors le projet mûri depuis si longtemps et soutenu par des investisseurs qui n'attendaient que ce moment pour apporter leurs capitaux à Montbrûlis et épauler son essor économique.

À la réunion du Conseil, au début de mars, Isidore Paquette, faisant état à la fois de l'intérêt que la population nourrissait à l'endroit d'un futur festival et, en même temps, de la grande confusion qui persistait dans les esprits sur le contenu de ce festival, suggéra la formation d'un comité chargé d'explorer la possibilité de la tenue d'un festival à Montbrûlis. Il lui paraissait évident que la personne qui animerait avec tact et dynamisme et le plus efficacement possible les travaux de ce comité, était Madame Laurence Filion. Il proposa donc, avec l'appui de Dalmas Touchette, «que Madame Filion soit responsable de ce comité qu'elle formera elle-même, qui étudiera les mérites de doter Montbrûlis d'un festival et en fera rapport au Conseil municipal dans un délai de trois mois».

Laurence Filion avait déjà suivi quelques cours en animation de groupe. Elle fut enchantée de la tâche que le maire lui proposait et se dit prête à s'impliquer totalement, dès le lendemain, dans la formation et les travaux de ce comité. Elle ne remarqua pas le regard noir que lui jeta Florence Duhaime qui vota sans enthousiasme en faveur de la proposition du maire dont elle redoutait, encore une fois, une manœuvre hypocrite pour diviser le groupe des femmes.

* *
*

Beaucoup plus tard, au cours d'un souper intime chez les Langevin qui m'avaient invité afin de me «la présenter», comme me l'avoua Nicole quelque temps après, Florence Duhaime nous avait confié que, ce soir-là, après la réunion du Conseil, dans la solitude douillette de son appartement, elle avait arrêté la décision de se présenter à la mairie contre Isidore aux prochaines élections municipales, comme un «ami haut placé» ne cessait de l'inviter à le faire.

À ses yeux, Montbrûlis avait presque épuisé ses ressources économiques et avait atteint un certain palier d'où il ne pouvait qu'amorcer une lente descente vers une incurable médiocrité.

La seule issue était de développer une station de sports d'hiver. Elle avait soumis l'idée à des économistes «haut placés» qui avaient confirmé son intuition. Bien sûr, Isidore avait peut-être compris la même chose... Mais il n'agissait pas maintenant parce qu'il voulait écarter auparavant tout autre projet, surtout celui d'un festival. C'est pourquoi il avait confié à Laurence Filion le meilleur moyen de le vouer à l'échec. Quant à elle, elle était convaincue qu'un festival d'hiver était le moyen rêvé pour révéler Montbrûlis à toute la Province et lancer le projetde la station. C'est ainsi qu'elle s'était approprié le programme électoral d'Isidore Paquette.

* *
*

Malgré l'enthousiasme débordant et inépuisable de Laurence Filion, il lui fallut d'interminables appels téléphoniques, de multiples rencontres et des heures de discussions déprimantes pour constituer son comité. Ce n'est qu'après Pâques qu'il tint sa première réunion.

Tout sourire et possédant bien en main les rudiments des techniques d'animation apprises aux cours du soir, elle proposa que le comité se définisse comme «provisoire», ce qui soulagea quelques participants qui n'avaient pas l'intention de durer bien longtemps dans ce comité, et qu'il ne prétende à rien d'autre qu'à étudier la «faisabilité» d'un festival à Montbrûlis, ce qui rassura le reste des participants qui n'avaient pas le goût d'abandonner leurs petites affaires pour travailler gratuitement à monter les décors d'un festival.

En bonne animatrice sympathique, attachée aux valeurs de la cordialité, de la tolérance et du cheminement patient vers un consensus, Laurence parvint à rallier les membres du comité autour de deux principes essentiels qui n'avaient rien de bien nouveau: offrir un beau festival aux habitants de Montbrûlis avec des «coûts modestes», et présenter un contenu qui réponde à toutes les «attentes du milieu». C'était louable et ambitieux. Encore fallait-il que l'on trouvât ce contenu...

Devant la lourdeur désolante de l'imagination des membres du comité, elle proposa que le festival de Montbrûlis soit proclamé le FESTIVAL DE LA SOCIABILITÉ. Elle expliqua son choix avec l'aide du *Petit Robert*: «sociabilité: caractère d'un groupe qui favorise les relations humaines, intellectuelles ou mondaines».

Soulagés, les membres du comité lui confièrent la tâche de rédiger le rapport, ce qu'elle fit dans un beau style d'allocution motivatrice de professeur de gymnastique. Après avoir souligné pesamment l'originalité et la richesse du thème que le comité avait retenu, elle insistait sur la convenance de ce thème avec l'esprit des gens de Montbrûlis, reconnus pour leur tolérance, leur hospitalité, leur solidarité inébranlable dans le malheur et le grand nombre d'initiatives communautaires à portée sociale. Tous les groupes pourraient trouver dans ce thème l'occasion de promouvoir leurs activités propres et de les coordonner avec celles des autres groupes. Le comité était assuré que de nombreuses foules viendraient se joindre à la population de Montbrûlis afin de participer aux célébrations prévues et de goûter le charme des traditions d'accueil et d'hospitalité des familles de Montbrûlis.

Il y était à peine fait mention de la délicate question

du financement si ce n'est en de généreuses considérations optimistes et assez confuses: on ferait appel au Conseil municipal, aux commerçants, aux organismes économiques du milieu, et, bien entendu, aux brasseries... mais dans des limites bien définies!

Les membres du comité étaient unanimes à désirer que le FESTIVAL DE LA SOCIABILITÉ de Montbrûlis se démarque de celui de Saint-Octave et ne «cherche pas à le concurrencer tout en lui faisant une saine compétition». Sur les activités du festival, le rapport du comité, sous prétexte de ne pas lier un éventuel comité responsable de l'organisation des activités et de leur déroulement, se contentait de proposer un timide éventail de suggestions: activités socio-culturelles, rencontres ou congrès d'organismes, célébrations collectives, concours artistiques, récitals, soupers collectifs, hommages aux anciens... Pour des lecteurs attentifs, il était évident que le comité provisoire n'avait aucune idée bien arrêtée de ce que devait être un FESTIVAL DE LA SOCIABILITÉ... C'est ce que le maire Paquette avait attendu du rapport.

À la réunion de juin du Conseil municipal, Isidore Paquette remercia avec effusion Laurence Filion pour son travail si précieux et si désintéressé à la présidence du comité. Il affirma se réjouir du choix du thème qui convenait parfaitement à la mentalité des gens de Montbrûlis. Dès la fin des vacances de l'été, à la première réunion, le rapport de Laurence Filion serait soumis à l'attention du Conseil.

* *

*

Le FESTIVAL DES ÉPINETTES de Saint-Octave eut lieu dans les premiers jours de juillet et les habitants en furent très satisfaits et le proclamèrent bien haut. Il y avait bien eu deux ou trois bagarres et les garagistes avaient passé quelques nuits blanches à retirer de nombreuses voitures des fossés où elles s'étaient échouées. On avait bien observé une petite épidémie de «gueules de bois» mais tout s'était bien passé et on s'était beaucoup amusé. Même les gens de Montbrûlis, venus en passant...

Le premier récipiendaire de l'ORDRE DE L'ÉPINETTE NOIRE, Adélard Boisjoly, avait prononcé, lors de la clôture du festival, un petit discours dans lequel il invitait les Octaviens à se retrouver l'an prochain dans un festival encore plus pétillant. Sans aucune gêne, il mit les autres villages au défi d'en faire autant... Puis le comté retomba dans le tiédeur de l'été et s'endormit dans les effluves qui montaient des champs et des bois dorés par le soleil.

* *

*

Au début de septembre, alors qu'on avait presque oublié le festival de Saint-Octave, parut dans le *Clairon* une longue lettre, sous la signature de Jérémie L'Espérance, qui dénonçait violemment «la bonne conscience collective de toute une communauté qui avait toléré le gaspillage éhonté de ses ressources naturelles pour glorifier l'assassinat des grandes forêts. Visitant le site du festival avec son épouse et ses enfants, il avait été sidéré par le grand nombre de bouquets de branches d'épinettes qui ornaient les maisons et les édifices publics, et même les poteaux de l'Hydro-Québec.»

— J'ai tenté en vain, écrivait-il, de compter les troncs d'arbres abattus et amenés au village pour y être déchiquetés bêtement dans les compétitions de sciage et d'équarrissage. Les vantardises des bûcherons qui se complaisaient dans des récits de coupes à blanc m'ont scandalisé. Alors que partout ailleurs dans les pays civilisés on se préoccupe d'écologie, de protection de l'environnement, de gestion des ressources renouvelables et de développement durable, à Saint-Octave on continue à massacrer les forêts, à détruire pour le plaisir de détruire et à immoler de grands arbres centenaires dans de stupides feux de joie. On sacrifie la forêt et la faune aux appétits de richesse de quelques entrepreneurs et on compromet en s'amusant l'avenir de la terre et de l'humanité en détruisant des écosystèmes sur lesquels repose notre avenir collectif.»

Le *Clairon* n'avait pas beaucoup de lecteurs à Saint-Octave mais leur nombre était suffisant pour déformer l'article de L'Espérance et attribuer ses propos à l'ensemble de la population de Montbrûlis. Et comme on n'avait pas l'habitude de l'écriture, personne ne s'inquiéta de rédiger une réponse et de la transmettre à Tougas. On s'empara cependant du téléphone et les L'Espérance eurent rapidement une vision globale de l'opinion des gens de Saint-Octave sur leur participation aux activités du festival. Ils furent obligés de débrancher leur téléphone.

Les relations habituellement sereines entre les habitants des deux villages commencèrent à se détériorer. Il y eut des discussions orageuses entre beaux-frères ou copains de travail. Des adolescents de Saint-Octave couvrirent de graffiti injurieux quelques bouts de trottoir de Montbrûlis et se virent traiter d'«épinettes» de toutes les couleurs par ceux de Montbrûlis qui barbouillèrent leurs messages sur les murs de l'école secondaire.

Un samedi soir, peu après la parution de la lettre de L'Espérance, une douzaine de gars et de filles qui avaient passé la plus grande partie de la soirée au bar «Chez-Ti-Blanc», décidèrent d'aller «planter des épinettes» chez les L'Espérance. Mais, n'ayant aucune idée précise du lieu de leur résidence, après quelques allées et venues bruyantes dans le village, ils fracassèrent des vitrines et mirent le feu à des poubelles au milieu d'un tintamarre de klaxons et de hurlements injurieux à l'adresse de «la bande de caves qui se cachait derrière les portes».

Cette flambée de violence stupide inquiéta les gens les plus sensés des deux villages. Dans une interview spéciale qu'il accorda au *Clairon*, Isidore Paquette déplora la mésentente bien involontaire que les opinions de Monsieur L'Espérance avaient fait naître entre les populations de Saint-Octave et de Montbrûlis qui avaient toujours vécu dans un remarquable esprit de bon voisinage. Il priait les citoyens de Saint-Octave de ne pas attribuer ces opinions à l'ensemble de la population de Montbrûlis. Cependant, insistait-il, de tels faits laissent entendre que la population de Montbrûlis n'est pas unanime à soutenir le projet d'un festival qui lui soit particulier. Quant à lui, «toujours attentif aux véritables besoins de ses compatriotes», il veillerait à ce que «la Municipalité de Montbrûlis soit bien avertie des contraintes économiques et sociales de la tenue d'un festival et s'interroge sur les avenues de son développement économique et culturel qui pourraient passer par la création d'une station de sports d'hiver».

Malgré les efforts de plusieurs personnalités influentes, l'animosité continua à traîner sur la route entre les deux villages. De *gros parleurs* de Saint-Octave qui avaient vaguement entendu parler par leurs beaux-frères d'un projet de festival à Montbrûlis consacré à la *sociabilité*, s'emparèrent du mot et le déformèrent à souhait: on parla d'un festival de l'insociabilité, de l'insolvabilité, de l'insalubrité, de l'insoupçonnabilité, de l'insoutenabilité... On n'avait aucune idée précise du sens de ces mots mais ils faisaient figure de sonores injures qui réjouissaient les Octaviens. Les jeunes de Montbrûlis répondaient en traitant leurs voisins d'épinettes de toutes les couleurs et de toutes les difformités. De l'épinette on passa à la gomme d'épinette et les gens de Saint-Octave se virent affublés du surnom de «gommeux» qui ne leur plut pas du tout et qui provoqua quelques furieuses bagarres.

* *
*

L'automne vint enfin qui ne se préoccupa nullement des petites chicanes et des petites sottises des Octaviens comme des Montbrûlisois. L'animosité s'éteignit lentement. Le départ des hommes de Saint-Octave vers les grands chantiers

131

du Maine y contribua certainement. Les rumeurs prirent la relève et commencèrent à circuler allègrement entre les deux villages.

Je ne suis pas parvenu à tout savoir des tractations et des jeux d'influence qui conduisirent Montbrûlis à adopter la politique de développement qui est maintenant la sienne. Innocent, suffisamment naïf pour que «l'on me donne le Bon Dieu sans confession», j'ai posé des questions bébêtes qui m'ont valu d'obtenir des réponses circonstanciées.

Phil Tougas, plus bavard avec moi qu'il n'était permis, me confirma ce que j'avais deviné: Isidore Paquette, à la suite des élections municipales de l'an dernier, avait perdu la plus grande partie de son crédit auprès du Parti. Florence Duhaime avait été approchée par un «ami haut placé», comme elle l'appelait quelquefois, et avec lui, avait précisé les étapes de sa carrière politique: le Conseil, la mairie de Montbrûlis, et, par approches successives bien définies, l'Assemblée nationale avec la perspective d'être ministre, après avoir bien servi le Parti.

C'est pourquoi, forte de l'appui discret de ses «amis haut placés», quand, à la reprise des travaux du Conseil à l'automne, après l'affaire des disputes avec la municipalité voisine, Isidore Paquette avait remis l'étude du projet de festival à une date ultérieure indéterminée, sous le prétexte de ne pas sembler provoquer la population de Saint-Octave, Florence était allée l'affronter dans son bureau. Il y eut, paraît-il, une vive discussion entre elle et Isidore au cours de laquelle elle l'avertit qu'il serait systématiquement mis en minorité à la table du Conseil s'il refusait d'aller plus avant avec le projet d'un festival et s'il n'acceptait pas l'idée d'une collaboration avec Saint-Octave. «Je ne tiens pas du tout au projet de Laurence qui est une insignifiance absolue, avait-elle mâché à Isidore. Je maintiens que, s'il y a un festival d'été qui remporte un grand succès à Saint-Octave, il est possible d'avoir une grande fête des neiges à Montbrûlis. C'est cela que je veux que le Conseil étudie.» Isidore avait promis d'y penser mais sans s'engager davantage.

L'«ami haut placé» qui, coïncidence aidant, cultivait des liens très étroits avec Valérien Laforêt, maire de Saint-Octave, dont l'épouse était la cousine germaine de la sienne, suggéra à Florence Duhaime et à Valérien Laforêt de se rencontrer à l'écart et de réfléchir à l'idée de développer une forme de collaboration entre les deux municipalités qui permettrait de doter la région d'un statut récréo-touristique hiver-été, par exemple... Il laissa entendre qu'on était mécontent, en «haut lieu», de cette chicane entre deux municipalités où le Parti était enraciné depuis longtemps et qui lui apportaient une part respectable de la majorité qu'il obtenait régulièrement dans le comté.

Phil Tougas est formel: il m'a assuré que, de décembre à février, Florence Duhaime et Valérien Laforêt se sont rencontrés six ou sept fois, soit à Montmagny, soit à Lévis, soit à Sainte-Foy, et même dans le bureau du ministre des Affaires municipales, s'il faut en croire l'avocate Anne-Marie Beauchemin, la fille du garagiste. Elle affirma à son père, qui n'a jamais voulu la croire, qu'elle les avait entrevus au moment où ils entraient dans le bureau du Ministre. C'est d'ailleurs à partir de ce moment que Phil se prit à nourrir une antipathie intense pour Florence Duhaime qu'il traitait, devant moi, d'arriviste, d'ambitieuse sans conscience, de politicailleuse sans envergure.

Il ne semble pas qu'Isidore ait eu le moindre soupçon de ce qui se tramait dans son dos. Cela me paraît invraisemblable car Isidore avait un excellent service de renseignement. Peut-être avait-il commencé inconsciemment à abandonner la lutte... je ne sais.

Au début de mai, je fus invité, avec beaucoup d'autres personnages de Montbrûlis, à l'inauguration du nouvel hôtel de ville de Saint-Octave. Le Conseil municipal de Montbrûlis avait fait l'objet d'une invitation particulièrement pressante. Le ministre des Affaires municipales devait prononcer un discours «historique», m'avait laissé entendre Nicole Langevin qui m'avait obtenu cette invitation.

Devant une petite foule bien choisie et bien préparée de notables et «d'intervenants du milieu», le Ministre qui ne détestait pas les envolées et les effets oratoires, avait exposé sa vision de l'avenir de la région: «diversifier l'économie, développer de nouveaux horizons (sic!) avec les ressources du milieu, susciter une implication de tous les intervenants dans de vastes perspectives d'un développement intégré et continu». Et, il ajouta:

— Vous me permettrez, mesdames et messieurs, de louer une initiative aussi remarquable que celle du FESTIVAL DES ÉPINETTES de Saint-Octave qui est appelé à devenir le moteur de la création, mesdames et messieurs, d'un immense centre de plein air, comprenant plusieurs terrains de camping de nature diverse, des kilomètres de pistes de randonnée en forêt, des pistes de bicyclettes de montagne pour toutes catégories, mesdames et messieurs, des centres d'interprétation de la forêt, et beaucoup d'autres centres qui ne sont encore qu'en projet. Je vous l'affirme, mesdames et messieurs, Saint-Octave est appelé à un immense avenir, à une renommée internationale. On viendra de partout, mesdames et messieurs, pour jouir de la belle Nature et de l'hospitalité proverbiale de cette population si entreprenante. Notre gouvernement, mesdames et messieurs, ne demande pas mieux que de venir en aide à des initiatives aussi louables qui témoignent, mesdames et messieurs, du bien-fondé de notre politique de décentralisation. Et je m'en voudrais, en terminant, mesdames et messieurs, de ne pas souhaiter que d'autres municipalités suivent l'exemple de Saint-Octave et mettent en valeur leurs propres ressources pour assurer un avenir plein d'espoir à leurs concitoyens. Je rêve, mesdames et messieurs, au jour où le Brûlis, cette merveilleuse montagne qui fait l'envie de tant de municipalités, mesdames et messieurs, verra ses pentes se couvrir d'amateurs de ski. Je rêve du jour, mesdames et messieurs, où les cris de joie et de bonheur de nombreux québécois participant à la grande fête des neiges, feront de Montbrûlis la capitale des sports d'hiver de la Côte du Sud. Et pourquoi, mesdames et messieurs, Montbrûlis ne pourrait-il attirer une clientèle touristique internationale qui participerait à des compétitions internationales, mesdames et messieurs, comme la Coupe du Monde de ski alpin. Il suffit, suivant l'exemple de Saint-Octave de créer l'événement, mesdames et messieurs, la grande fête de la neige, de l'hiver, du froid, des jeux d'hiver. Je vous remercie.»

J'observais Isidore. Je vis qu'il avait blêmi et que ses pommettes étaient plus rouges que d'habitude. Martine, sa femme, à ses côtés, avait cherché sa main qu'elle tenait en la pressant légèrement. Il n'applaudit pas, ne manifesta d'aucune façon qu'il avait été atteint par une formidable gifle ministérielle. Il y avait une petite réception après les discours. Il profita que le Ministre soit entouré d'une cour devant laquelle il continuait à pérorer, pour s'esquiver, après avoir remercié le maire de Saint-Octave. Je pus saisir, un court moment, le regard ironique de Florence Duhaime qui le regardait partir. Phil Tougas me frôla: «Vous avez reconnu le style? me disait-il à demi-mot. Malgré les envolées du ministre, le projet n'est pas faisable! Florence voudra s'y essayer. C'est son projet, maintenant. Je crois qu'Isidore va me manquer.»

Dans les jours qui suivirent, le maire Paquette tenta à plusieurs reprises de rejoindre au téléphone son «ami d'en-haut» afin d'obtenir des explications sur un changement de politique qui paraissait improvisé et prématuré. Chaque fois, on lui répondit poliment que «l'ami d'en-haut» était en réunion, ou au téléphone sur un autre circuit, ou à l'extérieur... On l'invitait à laisser un message ou son numéro d'appel. Aucun appel ne fut retourné.

Annette, la secrétaire d'Isidore, confia à Tougas qu'à la suite de ce discrédit, lui et Martine son épouse avaient eu de longues heures de discussion paisible et semblaient s'être entendus sur une décision qu'ils entouraient du plus grand secret, pour le moment.

Dans sa tâche d'administrateur, Paquette se montra d'une ombrageuse fidélité quotidienne à l'étude des dossiers, à l'accueil des citoyens et à la préparation des réunions du Conseil. Il prenait grand soin, avec une prudence qu'il n'avait jamais montrée jusqu'alors, d'éviter tout sujet de litige avec les conseillères, se comportant en toute chose en administrateur efficace, soucieux de la légalité et respectueux des juridictions. Les réunions du Conseil devinrent si ennuyeuses que Tougas cessa d'en faire rapport dans le *Clairon*.

Quant à Florence Duhaime, elle dut affronter la mauvaise humeur des conseillères. Laurence Filion était froissée qu'elle n'ait pas soutenu le projet d'un FESTIVAL DE LA SOCIABILITÉ et l'ait écarté comme un mauvais devoir rédigé à la hâte par un étudiant rêveur. Marie-France Poitras lui reprochait de se comporter envers elles comme une «mère supérieure» et de les traiter comme des «grandes filles» naïves. Lucie Charlebois et Nicole Langevin étaient les seules qui l'appuyaient encore mais lui demandaient pourquoi elle avait adopté, à toute fin pratique, le programme électoral d'Isidore Paquette qu'elle leur avait fait combattre pendant trois mois, au cours de multiples réunions de cuisine. Comment allaient-elles expliquer aux femmes du Mouvement que le programme d'Isidore était maintenant tellement bon qu'elles le lui empruntaient et s'engageaient à le réaliser à tout prix? Les élections venaient rapidement. Il faudrait recommencer à consulter toutes les membres du MIFPM, à tenir des assemblées préparatoires et à convoquer le congrès général du Mouvement. Ne couraient-elles pas le risque de se heurter à une assemblée plénière qui refuserait de revenir en arrière?

Il y eut de nombreuses réunions entre Florence

Duhaime et les conseillères, réunions qui durèrent fort tard et furent très orageuses. D'autres rencontres eurent lieu avec les plus importantes des militantes acquises inconditionnellement à Florence Duhaime. On remarqua que Laurence Filion et Marie-France Poitras étaient absentes de ces réunions.

Le deuxième FESTIVAL DES ÉPINETTES se déroula presque entièrement sous la pluie, ce qui lui enleva une grande partie de son attrait. Les organisateurs n'avaient pas osé apporter de changements au programme du premier festival qui lui avait valu un si grand succès. Mais le charme était disparu avec l'absence d'excitation. Les participants moins nombreux furent déçus et boudèrent plusieurs activités. Ce qui avait été exalté comme l'événement-miracle inaugurant le développement récréo-touristique de Saint-Octave, se transforma dans l'opinion de plusieurs en une prétentieuse initiative d'arrière-pays qu'il serait peut-être préférable de ne plus répéter.

LES DÉVOTIONS
INSOLITES

L'idée m'était venue d'inviter les deux autres célibatai-
res officiels de Montbrûlis, Joël Archambault, le curé,
et Phil Tougas, veuf depuis quelques années, à venir célébrer avec moi la fête de la Saint-Jean. Je ne pouvais me
résigner à passer la soirée seul devant le feu de la Saint-Jean
de ma cheminée, à écouter du Félix Leclerc, du Gilles
Vigneault et du Beau Dommage. Quelques coups de téléphone m'assurèrent que mes invités étaient tout à fait disposés à partager ma table... et mes sentiments patriotiques!
Tougas ajouta: «Ce sera une excellente occasion d'apprendre les dessous de la mystérieuse apparition mariale à la
ferme des Deslongschamps...»

Voici l'histoire... dans la version de Joël Archambault!

* *
*

«Je n'eus connaissance de l'affaire qu'en regardant les nouvelles à la télévision, après le souper. Imaginez ma surprise! La Vierge était apparue à une fille de ma paroisse, sur une ferme du deuxième rang; elle avait laissé des messages et des secrets, une eau miraculeuse avait jailli d'un puits et les faveurs célestes se multipliaient. On parlait même de la construction d'une immense basilique!

Le reportage était à peine achevé que le téléphone sonna. L'appel venait du secrétaire de Monseigneur qui exigeait des renseignements de première main et un rapport dans le plus bref délai, le soir même.

J'ai tenté vainement de rejoindre les Deslongschamps. Le téléphone semblait avoir été coupé. Après plusieurs appels un peu partout dans la paroisse, je suis parvenu à me former une petite idée, bien petite, mais précise, des événements et des personnes qui y étaient impliquées. J'ai rappelé le secrétaire de l'évêque et je lui ai résumé les faits et donné "mon humble avis". Il me répondit sèchement de m'efforcer de mettre fin à tout cela le plus rapidement possible, ce qui est toujours facile à dire quand on n'est pas dedans... Voici comment tout semble avoir commencé:

Omer Bellavance raconta à son épouse Émérentienne, au retour du travail, qu'en passant devant la ferme des Deslongschamps, dans le deuxième rang, il avait aperçu Marjolaine, la fille de la maison qu'on trouvait pas mal excitée depuis la mort de sa mère, assise par terre, la tête appuyée sur ses genoux repliés, devant la statue de la Vierge nichée dans une vieille baignoire plantée dans le gazon. Il lui sembla qu'elle sanglotait très fort et qu'elle levait la tête à certains moments comme pour s'adresser à la statue.

Le commérage était une nécessité vitale pour Émérentienne. Elle ajouta ce petit potin insignifiant à la liste des cancans qu'elle rapporta à sa grande amie Lucinda Beaumont, au cours d'un long appel téléphonique qui occupa une bonne partie de la soirée. Cette dernière retransmit les nouvelles d'Émérentienne à Desneiges Brindamour qui cultivait une pieuse curiosité pour les apparitions, les lumières célestes, les révélations terrifiantes et les guérisons inespérées.

Elle avait aussi le redoutable défaut de fabuler sur tout et de se convaincre de la véracité absolue des histoires qu'elle inventait. Elle enjoliva le potinage d'Émérentienne de nombreux détails surnaturels de son invention et se convainquit que c'était un devoir impérieux pour elle d'aller constater sur place la réalité de l'événement céleste qui, fort probablement, se produisait à Montbrûlis. Elle imposa à son Édouard de la conduire, le lendemain, dans le deuxième rang, chez les Deslongschamps. Édouard, qui estimait que la paix conjugale était le plus grand bien auquel un homme pouvait aspirer sur la terre et qui désirait, plus que tout, écouter en toute tranquillité la diffusion du match des Expos, accepta sans enthousiasme, en homme résigné.

* *

*

Marjolaine Deslongschamps était désemparée. Son amoureux venait de rompre avec elle parce qu'elle refusait de le laisser partir se chercher du travail en Ontario. Leur dernière rencontre avait été un désastre. Il s'était moqué d'elle devant leurs amis et avait refusé de l'embrasser en venant la reconduire à la fin de la soirée.

Elle avait eu l'habitude de raconter à sa mère ses joies et ses chagrins de jeune fille. Depuis le décès de sa mère, elle n'avait trouvé personne à qui se confier et son chagrin actuel lui semblait trop lourd pour qu'elle le porte seule.

Elle s'était souvenu alors du conseil d'une tante très pieuse qui lui avait enseigné jadis à confier à la Vierge les chagrins qu'elle ne pouvait partager avec personne. Elle était donc venue aux pieds de la Vierge que sa grand-mère, en reconnaissance de la protection qui avait épargné de l'incendie la demeure familiale alors que tous les bâtiments avaient été rasés par le feu, avait placé dans une niche improvisée devant la maison. De petits lilas avaient été plantés derrière la niche et avaient poussé sauvagement, formant avec les années un abri contre les intempéries. Un des oncles de Marjolaine avait creusé près de la niche un trou profond de quelques pieds qu'il avait entouré d'une margelle sur laquelle il avait dessiné des pierres avec les fonds de peinture qu'il avait ramassé quelque part. Il y croupissait une eau brunâtre et malodorante.

Marjolaine, agenouillée devant la statue, ne fut pas longue à éclater en sanglots au souvenir des moqueries et des duretés que son amoureux lui avait prodiguées depuis une semaine. Elle s'était finalement assise par terre, la tête appuyée sur ses genoux repliés, et elle avait pleuré longtemps comme une enfant oubliée. C'est dans cette attitude que Bellavance l'avait remarquée en passant. À la fin, elle se remit à genoux et cachant son visage dans ses mains, elle supplia la Vierge d'avoir pitié d'elle et de lui ramener son amoureux.

Elle ne pouvait apercevoir son frère Robert qui venait d'arriver de la ville et l'observait, debout près de sa voiture, tout ébahi. Après l'avoir appelée à quelques reprises, il s'approcha silencieusement par derrière et lui mit les mains sur les yeux. Marjolaine cria et se retournant, se sentit saisie par les bras vigoureux de son frère qui la soulevèrent pour l'amener à la maison comme lorsqu'elle avait dix ans. Quand il la déposa au milieu de la cuisine, elle sembla un moment paralysée par la gêne, puis, sans un mot d'explication, elle monta à la course l'escalier qui menait à sa chambre et se jeta sur son lit.

Une fois de plus, Robert Deslongschamps se répéta que Marjo, la petite dernière, la préférée de leur mère, ne parvenait pas à se remettre de la mort de celle-ci. Il ne fallait pas chagriner le père pour cela. Il lui en parlerait plus tard. Il alla plutôt téléphoner à Claudine, sa fiancée, pour s'inviter chez elle.

* *
*

Le lendemain, Desneiges Brindamour surveilla étroitement son Édouard de peur qu'il n'oublie de la conduire chez les Deslongschamps. Après la petite sieste qu'il s'offrait après le dîner, il sortit la voiture et attendit placidement que Desneiges ait ramassé tous ses objets de piété.

Elle le fit stationner devant la maison des Deslongschamps. Tout était comme on le lui avait décrit: la niche

143

entourée de lilas, la statue, le petit puits. Elle chercha en vain Marjolaine. Elle avait espéré la trouver en extase, agenouillée devant la statue. Après un moment d'hésitation, elle se dit qu'il était possible, comme il arrivait dans plusieurs célèbres apparitions, que Marjolaine ne se présente que si la Vierge lui donnait rendez-vous...

Elle obligea son Édouard à reprendre la route et à se rendre jusqu'au bout du rang, vers la paroisse voisine, pour revenir ensuite vers les Deslongschamps. Il y fallut une bonne demi-heure. Mais, cette fois, Marjolaine était agenouillée devant la statue, les yeux fermés, immobile, indifférente à la circulation des voitures. Desneiges ordonna à son Édouard de stationner la voiture en retrait et de l'attendre, sans faire de bruit, et surtout sans klaxonner.

Elle sortit de la voiture et marcha lentement vers Marjolaine totalement inconsciente de son approche. Elle se tint derrière elle. Elle souhaitait de tout son cœur voir quelque chose dans la niche, ne fût-ce que le léger flottement d'un pan de manteau bleu. Elle était convaincue que Marjolaine voyait la Vierge et conversait avec elle. Elle se sentait triste et frustrée que ce ne soit pas elle qui jouisse de cette vision, elle qui disait de si nombreux chapelets et ne manquait jamais de faire brûler une grosse bougie aux fêtes de la Vierge. Puis, elle se dit qu'il arrivait que Marie choisisse de grandes pécheresses pour en faire ses messagères. Leur conversion devenait alors un témoignage éclatant de l'authenticité de leur mission. De plus, toutes les voyantes et les voyants avaient eu besoin de l'appui de personnes dévouées, comme elle, pour remplir la mission qui leur était confiée. Elle promit qu'elle serait l'apôtre de la vision de Marjolaine et qu'elle rassemblerait des foules auprès de la statue miraculeuse et répandrait son message partout, dans tous les milieux, dans l'univers entier si la Vierge l'exigeait.

Marjolaine acheva ses confidences. Elle se leva en poussant un gros soupir, s'essuya les yeux et monta vers la maison sans s'apercevoir de la présence respectueuse de Desneiges.

Celle-ci s'agenouilla à son tour devant la statue, le temps de dire quelques Ave rapides, et revint à la voiture dans laquelle son Édouard l'attendait en écoutant la description d'un match des Expos à la radio. Quand elle mit la main sur la portière, il ferma le poste et remit la voiture en marche. Desneiges ne dit pas un mot. Édouard comprit et démarra en vitesse pour revenir à Montbrûlis.

Dès son retour à la maison, pendant que son Édouard réussissait à attraper la fin du match que les Expos perdaient une fois de plus, Desneiges appela au téléphone quelques amies qui partageaient son goût pour les dévotions particulières et leurs merveilles, et leur raconta sa visite chez les Deslongschamps. Elle affirma sans hésitation sa conviction «personnelle et profonde» fondée sur sa grande expérience des «choses pieuses», de l'authenticité céleste de l'événement qui se passait dans le deuxième rang. Elle embellit bien un peu ses observations et les enrichit de plusieurs commentaires empruntés à une petite revue qu'elle recevait. Et elle pressa ses amies encore hésitantes à se joindre à elle, dès le lendemain, dans l'après-midi, pour assister aux visions de Marjolaine et en recueillir le message.

*   *
*

Le jour suivant, Marjolaine profita que des travaux urgents retenaient son père et son frère dans le haut bout de la terre, pour revenir prier devant la statue de la Vierge. Elle n'avait pas reçu de nouvelles de son amoureux et, quand elle avait tenté de le rejoindre au téléphone, il avait raccroché immédiatement. Elle se sentait le cœur brisé. Sans prêter la moindre attention à quelques voitures stationnées à la file, à une courte distance de la maison, elle s'agenouilla devant la statue, couvrit son visage de ses mains et se prit à sangloter.

Aussitôt, les voitures se vidèrent et une petite foule de dévots, le chapelet à la main, vint respectueusement se placer derrière Marjolaine. Desneiges Brindamour murmura à mi-voix que la Sainte Vierge avait dû révéler à Marjolaine la laideur immonde du flot de péchés qui inondait l'univers et les châtiments affreux qui allaient bientôt s'abattre sur l'humanité. Il fallait prier. Beaucoup prier. Elle se laissa lourdement tomber sur les genoux dans le gazon, ouvrit les bras en croix et commença la récitation du chapelet avec des intonations si colériques que tous ceux qui l'accompagnaient l'imitèrent et enfilèrent les Ave à la vitesse d'une course contre la montre.

Marjolaine sursauta sous le choc des Ave crépitants qui se bousculaient autour d'elle. Effrayée, elle bondit sur ses pieds et courut vers la maison où elle se barricada. Desneiges Brindamour interpréta cette fuite comme le

146

témoignage de l'humilité nouvelle de Marjolaine qui désirait s'effacer devant le message que la Vierge venait de lui
transmettre. Il fallait redoubler de prières car le châtiment
ne tarderait plus.

* *
*

À travers les rideaux de la fenêtre de sa chambre, Marjolaine avait suivi la récitation précipitée du chapelet par ce
petit groupe de gens qu'elle ne connaissait pas, incapable
d'avoir la moindre idée de la raison de leur présence
autour de la niche. Enfin, ils se retirèrent. Elle attendit que
la dernière voiture soit disparue entre les arbres vers le
village et descendit dans la cuisine. Afin de se retrouver et
de s'apaiser, elle consacra le reste de l'après-midi aux tâches
d'entretien de la maison qu'elle avait négligées depuis sa
querelle avec son amoureux. De temps à autre, elle jetait
un coup d'œil furtif par l'une ou l'autre des fenêtres guettant si la petite foule ne venait pas reprendre la récitation
du chapelet.

Devait-elle en parler à son frère et à son père? Ils ne
supporteraient pas longtemps ces manèges devant la maison. Ils lui reprocheraient peut-être de les avoir attirés par
son extravagance qui l'amenait à aller prier sous les regards
des voisins et des passants, alors qu'elle aurait pu fort bien
prier la Sainte Vierge dans sa chambre. Et son frère, le
«beau» Robert, ne manquerait pas de la taquiner si elle
avouait qu'elle agissait ainsi à cause d'une peine d'amour...

L'heure du souper approchait et les hommes allaient

bientôt revenir des champs. Elle se hâta de préparer le repas. Elle reprit quelques recettes de plats que sa mère lui avait enseignées et que «ses» hommes goûtèrent avec appétit. Philibert ne cacha pas son contentement tandis que son frère trouvait les petites taquineries affectueuses qu'elle faisait semblant de détester plus que tout au monde.

Après le souper, Robert se rendit chez Claudine et Philibert chercha ses lunettes pour lire le *Clairon de la Vallée*. La vaisselle terminée, Marjolaine vint s'asseoir à ses pieds et lui demanda à voix douce:

— Parle-moi de maman, comment tu l'as connue, comment elle était...

Philibert ouvrit de grands yeux. Il regarda sa fille et pour la première fois remarqua combien elle ressemblait à sa mère quand celle-ci avait son âge. La douleur de son deuil revint l'étouffer un long moment. Puis, il commença, par bribes, à raconter ses souvenirs de jeune amoureux un peu fou, de fiancé sérieux, les premières années de leur mariage et leur installation sur cette ferme...

Marjolaine l'écoutait avec passion et l'aurait écouté encore longtemps mais l'arrivée de Robert et de Claudine interrompit les confidences. Celle-ci rayonnait la joie de vivre et la drôlerie irrésistible, la maison fut bientôt remplie d'éclats de rire et de bouts de chansons.

Claudine était venue inviter Marjolaine à l'accompagner, le lendemain, dans les centres commerciaux de Québec. Celle-ci accepta avec enthousiasme et Philibert lui offrit sur-le-champ quelques gros billets. Les deux femmes quitteraient Montbrûlis tôt le lendemain matin avec l'auto de Claudine tandis que les hommes passeraient la plus grande partie de la journée à Montmagny pour assister à une vague rencontre d'informations avec les fonctionnaires du ministère de l'Agriculture.

*   *

*

Le lendemain, dans l'après-midi, on vit revenir en nombre accru les dévots rassemblés par Desneiges Brindamour. On voulait voir Marjolaine. On voulait la voir prier et pleurer devant la statue de la Vierge qui semblait lui faire de douloureuses confidences. Et Marjolaine ne paraissait pas. Tout était étrangement silencieux dans la maison des Deslongschamps. L'attente se prolongeait et la déception effaçait peu à peu la curiosité et la dévotion. Desneiges s'en aperçut et rappela aux visiteurs qu'ils n'étaient pas venus pour s'extasier devant Marjolaine Deslongschamps mais pour prier afin d'obtenir le pardon des péchés du monde et demander à la Vierge de les protéger contre les châtiments qui s'annonçaient. S'agenouillant, elle attaqua la récitation du chapelet avec une autorité si menaçante que les hésitations s'évanouirent dans la précipitation des Ave.

Parmi la petite foule se trouvait Odilon Turbide surnommé «le malade municipal» par le médecin Caroline Gadbois. Il occupait son temps à raconter à tout venant l'histoire de ses nombreuses et fatales maladies plus étranges les unes que les autres. Il décrivait avec force détails les douleurs qui le menaçaient, toujours atroces, l'évolution irrémédiable de son état et l'échéance prochaine de sa fin... même s'il avait bon appétit et ne refusait pas

de boire une bière, même s'il avait l'embonpoint floris-
sant. Lui faisait-on remarquer qu'il ne paraissait pas si
malade qu'il l'affirmait, il répondait avec hauteur que les
grandes maladies sont sournoises et qu'elles ne se manifes-
tent qu'au moment où elles portent le coup mortel. C'était
son cas!

Odilon vivait avec sa sœur Philomène, une grande et
impétueuse dévote, qui avait immédiatement partagé les
opinions de Desneiges Brindamour, sa «grande amie» et
rivale en dévotions et en curiosités pieuses. Odilon et sa
sœur ne s'entendaient pas très bien mais étaient parvenus à tracer des frontières entre eux, qu'ils ne franchis-
saient jamais. Voyant la grande curiosité de sa sœur pour ce
qui se passait de céleste et de merveilleux à la ferme des
Deslongschamps, aguiché par les récits de plus en plus
embellis qu'elle répétait à ses amies au téléphone, il avait
voulu l'accompagner à la ferme. Philomène, très ennuyée
et de fort mauvaise humeur, avait fini par accepter à la
condition qu'il ne dise pas un mot et se contente de regarder. «Peut-être, lui avait-elle dit, que la Sainte Vierge es-
saiera de te guérir de ta paresse et de ton irresponsabilité!»

Comme il l'a raconté et répété après l'événement, il se
sentit transporté par la ferveur des prières qui s'élevaient
de la petite foule des dévots: «C'était comme si j'avais été
boosté», expliqua-t-il. Sans trop comprendre ce qu'il faisait,
il s'était levé et s'était dirigé vers le petit puits. Il s'était
penché par-dessus la margelle et avait puisé avec la main un
peu de l'eau sale pleine de cadavres d'insectes qui y pour-
rissaient, pour la porter à ses lèvres et la boire.

«J'ai senti comme une grande chaleur qui *m'pognait*

150

partout. Je m'suis senti bien comme jamais. J'étais guéri!»
Et il s'était empressé de proclamer bien haut le miracle
qu'il venait d'attraper, interrompant l'enfilade des Ave, dé-
tournant les yeux du visage sceptique et désespéré de sa
sœur. Après un moment de surprise, plusieurs applaudirent
avec émotion. Quelqu'un leva les bras bien haut en enton-
nant un chant plein d'alléluias pour remercier le Seigneur
des merveilles qu'il venait d'accomplir pour son enfant
Odilon.

La récitation du chapelet ne reprenait pas car les dévots
se bousculaient autour du petit puits puant pour boire quelques gouttes de l'eau contaminée qui avait guéri Odilon.
Quelques-uns s'en aspergeaient, d'autres la répandaient sur
les parties de leur corps qui leur semblaient avoir un besoin
urgent de guérison.

Philomène Turbide comprit rapidement que l'occasion favorable venait de lui être donnée de supplanter
Desneiges Brindamour. Celle-ci pouvait avoir découvert la
messagère de la Vierge et le lieu des apparitions, mais être
la sœur du premier miraculé lui conférait une influence
privilégiée sur les puissances célestes dont elle voulut se
servir immédiatement. Elle ramena tout le monde à l'ordre
en imposant impérativement la récitation d'un chapelet en
action de grâces.

Quand la récitation fut achevée, avant que la petite
foule ne se disperse, pressée de répandre partout la nouvelle d'une guérison miraculeuse sur le lieu des apparitions
de la Vierge, dont personne ne pouvait douter désormais,
elle annonça qu'elle instaurait la récitation quotidienne du
Rosaire devant la statue des Deslongschamps. Elle conclut

en proclamant trois fois: «Notre Dame des champs, priez pour nous!» invocation qui fut reprise en chœur avec une grande ferveur par les dévots présents.

De retour à la maison, pendant qu'Odilon allait raconter à qui voulait l'entendre le récit de sa guérison, elle s'empara du téléphone et appela toutes les personnes de Montbrûlis et de Saint-Octave qu'elle savait portées à la dévotion comme elle l'entendait, pour les enrôler dans le «mouvement de prière» qu'elle venait de fonder.

Odilon eut moins de succès. On lui rappela son titre de «malade municipal» et les interminables gémissements qui avaient accompagné la description de ses maladies depuis quarante ans. Zoël Fréchette lui demanda: «Comment tu vas faire pour vivre, Odilon, à c't'heure que t'es pu malade?» Quant à Madame Gervais, elle ne croyait pas à sa guérison, car disait-elle: «La bonne sainte Anne elle-même a renoncé à le guérir, après avoir tout essayé.»

*   *

*

Chez les Deslongschamps qui venaient de se retrouver pour le souper, on ne soupçonnait rien des événements de la journée. Claudine et Marjolaine, revenues de Québec, n'avaient de cesse d'exhiber sous les yeux de Philibert et de Robert les achats de la journée. L'humeur enjouée de Claudine avait gagné Marjolaine qui préparait le souper avec son aide, tout en racontant par le détail les petites mésaventures de la journée et caricaturant les personnages drolatiques qu'elles avaient croisés.

On discuta au cours du souper de l'aménagement de la maison pour y accueillir Claudine après son mariage avec Robert. Marjolaine était tout excitée devant la perspective d'avoir près d'elle sa belle-sœur qui était devenue sa «grande amie» et avoua candidement qu'elle avait hâte d'être «matante», ce qui fit rougir Claudine...

C'est alors que le téléphone commença à sonner. On voulait parler à celle à qui la Vierge était apparue et à qui elle avait confié des messages. On demandait des prières, de l'eau miraculeuse du puits ou l'heure de la prochaine apparition et si on pouvait apporter un magnétophone ou un caméscope. On s'informait aussi si on pouvait présenter des objets de piété pour les faire toucher par la voyante. À la fin, Robert, exaspéré par les sonneries insistantes, débrancha le téléphone et revint s'asseoir à la table, devant le repas refroidi. Philibert, Robert et Claudine regardaient Marjolaine qui avait mis les mains devant son visage.

Elle raconta tout: le départ de son amoureux pour l'Ontario, sa peine d'amour, son chagrin et ses prières au pied de la statue de la Vierge. Des gens qu'elle ne connaissait pas l'avaient observée. Elle ne savait pas ce qui s'était passé par la suite mais ces gens étaient venus prier derrière elle. Elle avait eu peur et s'était sauvée dans la maison. Elle n'en n'avait parlé à personne parce qu'elle avait peur qu'on rie d'elle. Elle n'était plus retournée prier devant la statue. Quand elle eut fini, elle se leva et courut vers sa chambre. Claudine la suivit pendant que Philibert et son fils se regardaient en silence.

Claudine revint avec Marjolaine en larmes qu'elle serrait contre elle. Philibert dit enfin: «T'occupe pas, Marjo.

C'est pas ta faute. On va t'aider, ma fille. Ton frère et moi, on va prendre soin de l'affaire.»

* *
*

Dès le milieu de l'avant-midi du lendemain, alors que Marjolaine était seule à la maison et que les hommes travaillaient à refaire une clôture, tout au bout de la terre, les dévots et les curieux envahirent par petits groupes les alentours de la maison des Deslongschamps. Des gens avaient apporté des bouquets de fleurs en plastique, résistantes au soleil et aux intempéries, comme celles que l'on dépose au pied des monuments funéraires dans les cimetières. Un tapis de roses et de lys en authentique vinyle entoura bientôt la niche-baignoire, tandis que, sur des planches trouvées derrière la grange, de grosses bougies fumaient tout en charbonnant les verres blancs et bleus qui les contenaient. Ici et là, de petits groupes se formaient. Là, on disait les chapelets, ailleurs on chantait des cantiques, chacun selon sa dévotion et sa fantaisie.

Marjolaine était terrifiée. Elle était montée se cacher dans sa chambre après avoir fermé les rideaux des fenêtres au nez des curieux qui cherchaient à l'apercevoir. Elle n'osait rebrancher le téléphone car il se mettait aussitôt à sonner sans arrêt.

Un journaliste de la télévision, accompagné d'un cameraman, sonna longtemps à la porte principale de la maison dans l'espoir de rencontrer la voyante. Déçu, il allait repartir, quand Philomène Turbide qui l'avait observé pendant un certain temps, s'approcha et laissa entendre qu'elle pourrait répondre à ses questions puisqu'elle connaissait bien la voyante et avait été mêlée aux événements célestes depuis le début. Elle lui livra sa version des événements des derniers jours. Elle décrivit le mouvement spontané de prière qui était né au pied de la statue, et les faveurs surnaturelles qui se multipliaient («sur lesquelles elle ne voulait pas se prononcer»). Elle prit soin de minimiser l'absence de Marjolaine. Elle était même nécessaire: «C'est ce qui se passe autour du puits et de la statue qui est important.» Elle laissa entendre discrètement qu'elle était convaincue qu'il y aurait bientôt un tel débordement de faveurs célestes et un tel afflux de pèlerins qu'on serait obligé de construire une grande église, et que le deuxième rang deviendrait un haut-lieu de pèlerinage.

Aussitôt que le journaliste eut quitté, elle s'empara de la récitation du chapelet. Tout en enchaînant rapidement les Ave, elle remarqua que des «pèlerins», comme elle se plaisait à les appeler maintenant, se faisaient des signes pour s'avertir que le puits était à sec. Entre deux dizaines, elle demanda à Philéas Le François, qui n'était pas très porté à la dévotion mais qui était curieux de tout, de mettre de l'eau dans le puits. Philéas chercha et parvint à trouver une chaudière rouillée abandonnée derrière l'étable. Il alla la plonger dans l'abreuvoir des vaches, près de la barrière qui fermait la clôture du pacage, et vint la vider dans le puits. Voyant que ce ne serait pas suffisant, il alla puiser une autre chaudiérée qu'il rapporta au puits et laissa la chaudière tout près, au cas où il faudrait réalimenter le puits.»

* *
*

Joël Archambault était un conteur qui savait captiver son auditoire. Phil Tougas et moi étions pendus à ses lèvres, comme si nous vivions chaque instant de cette histoire. Comme je remplissais à nouveau son verre (beaucoup de glaçons, s'il te plaît!) Phil lui demanda:

— C'est vrai, tout ce que tu nous racontes?

— Bien... hésita-t-il, j'ai ajouté des détails... vraisemblables. Et j'ai mes sources. Odilon m'a raconté sa guérison, Philibert Deslongschamps m'a expliqué bien des événements. Et j'ai rencontré Claudine et Robert... N'oublie pas que je possède, dans la personne de la ménagère du presbytère, une excellente source de renseignements. Elle n'a pas encore atteint la perfection de la vertu de discrétion, mais elle fait de grands progrès, ajouta-t-il avec un grand sourire pour ne pas manquer à la charité.

Il reprit son récit.

* *
*

«Le vendredi, les échos du reportage télévisé furent manifestes. Il y eut une forte augmentation du nombre des curieux et des dévots. On vit arriver des gens d'un peu partout, même de villages éloignés. Le deuxième rang ressembla tout à coup à une artère urbaine avec ses stationnements hasardeux ou en double file, ses embouteillages et ses lenteurs exaspérantes. Il suffisait du passage d'un camion pour paralyser la circulation pendant de longues minutes.

Surgirent aussi, au milieu de cette pieuse pagaille, des membres de deux associations para-religieuses controversées: Les Combattants du Cœur de Marie et les Francs-tireurs de l'Archange Saint Michel. Depuis l'affaire ridicule du cheval fantôme dans le troisième rang, ils avaient modifié le style de leurs interventions et s'étaient exercés à l'encadrement et au maniement des foules sous la surveillance d'activistes professionnels. Les Combattants évincèrent habilement et rapidement Philomène Turbide en s'emparant de la récitation du chapelet qu'ils animèrent avec des prières improvisées et des témoignages vécus. La foule les suivit, heureuse de voir se rompre la monotonie des Ave ânonnés à toute vitesse et sans interruption.

Quant aux Francs-tireurs, ils établirent un service d'ordre qui les rendit indispensables. Ils dirigeaient la circulation aux abords de la ferme, aidaient les voitures à se stationner et poussaient les fauteuils roulants vers la statue. Ils regroupèrent les bouquets de fleurs qu'on avait dispersés au hasard et rangèrent les bougies dans un espace réservé. Ils surveillaient aussi le petit puits qu'ils alimentaient régulièrement en puisant dans l'abreuvoir des vaches.

* *
*

Le va-et-vient des dévots et des curieux ne fit que s'accroître tout au long du samedi et du dimanche. Les Deslongschamps étaient désemparés. Les hommes devaient courir pour se rendre à l'étable et échapper à la foule des pieuses gens qui voulaient se faire raconter par eux l'histoire de la statue. De plus en plus terrorisée, Marjolaine se cachait dans sa chambre, redoutant que les gens la pourchassent comme une vedette du rock, lui demandent des prières et des autographes, lui arrachent son linge pour s'emparer de reliques, la photographient et enregistrent sa voix.

Vers la fin du dimanche après-midi, excédé, Philibert Deslongschamps se décida à aller discuter avec les dirigeants des deux mouvements. Il voulait qu'on laisse sa fille tranquille et qu'on quitte sa terre. Il en avait assez d'être envahi par une foule d'étrangers qui l'empêchait de vaquer à ses affaires et de vivre tranquille...

Celui qui semblait être le chef des Francs-tireurs lui répondit d'une voix très calme et très lente, propre à le subjuguer:

— Vous ne devez pas vous opposer à l'événement merveilleux de l'apparition de la Vierge sur votre ferme, Monsieur Deslongschamps, ni aux miracles et aux faveurs célestes qui l'accompagnent. Le Ciel a choisi votre ferme, humble et inconnue, pour en faire un lieu saint où sera entendu un appel universel à la conversion avant que les châtiments divins ne s'abattent sur le monde. Nous, nous ne sommes que les serviteurs de ce lieu sacré qui sera bientôt connu dans le monde entier et où des foules immenses viendront puiser à la source du renouveau spirituel pour aller témoigner de la proximité du Jugement de Dieu.

Philibert ne sut que répondre à ces arguments assénés habilement et avec une conviction irrésistible. Il était un homme simple. À ses yeux, la religion était une grande chose compliquée à laquelle il ne fallait pas toucher quand on était, comme lui, un cultivateur qui n'avait pas fréquenté longtemps l'école. Ébranlé par les paroles de ces gens qui lui paraissaient très instruits, étourdi par les prières, les chants et les invocations qui tournoyaient autour de lui, il recula lentement et à contrecœur vers sa maison.

Robert, qui avait observé par la fenêtre du salon la démarche de son père, devina qu'il n'était plus aussi certain du parti à prendre. Bien sûr, Philibert voulait que sa fille, sa maison et sa ferme retrouvent la liberté de poursuivre leur vie normale mais, en même temps, peut-être y avait-il quelque chose de vrai dans ce que ces étrangers polis et très dévoués à la Sainte Vierge lui avaient exposé. Robert vit la perplexité de son père quand il entra dans la cuisine. Il lui dit:

— Pourquoi n'allez-vous pas en parler au curé? Je vais rester ici avec Claudine et Marjolaine et surveiller ce qui se passe. Voulez-vous que je lui téléphone?

Philibert hésitait. Son fils composa le numéro du presbytère et exposa sa demande au curé Archambault qui avait répondu presque immédiatement. Il écouta la réponse, remercia et raccrocha.

— Le curé vous attend. Allez-y tout de suite.

Il fallut à Philibert beaucoup de patience pour franchir la centaine de mètres qui le séparaient de la route. Des groupes de curieux couraient devant sa voiture dans l'espoir d'entrevoir Marjolaine ou quelqu'un qui lui était proche. Les plus audacieux cherchaient à le photographier à travers le pare-brise ou marchaient à côté de la voiture, caméscope à la main.

Une fois gagné la route, il fut encore obligé d'attendre que l'on veuille bien lui permettre de se faufiler entre les voitures et les autobus scolaires nolisés par des groupes de «pèlerins» venus de villages éloignés. Il remarqua en passant devant le pacage que la barrière qui donnait accès à la route avait été ouverte et que des jeunes gens portant des brassards blanc et or invitaient les automobilistes à garer leurs véhicules dans le champ des vaches.»

* *

*

Je me levai pour mettre des bûches sur le feu qui avait baissé. La soirée était très douce et, par les fenêtres grandes ouvertes, les dernières lamentations de la tourterelle triste s'étouffaient dans le feuillage noir de mes érables. Mes invités me regardèrent en silence changer le disque du lecteur CD. Je crois bien que j'ai mis, au hasard, un disque de Claude Léveillée. Le silence se prolongea. Aucun de nous ne voulait gaspiller ce moment d'amitié entre trois êtres aussi dissemblables que nous: un curé, un journaliste, un historien de l'art, chacun le plus souvent seul avec ses secrets, ses échecs et ses rares moments de bonheur. Le feu se libéra de ses braises et monta en pétillant comme s'il était curieux d'entendre la fin de l'histoire de Joël.

C'est Tougas qui le relança:

— Comme ça, tu as vu Philibert Deslongschamps arriver au presbytère vers la fin de l'après-midi...

— Oui. Quel brave homme sympathique, plein de

bon sens, une manière de saint ordinaire qui empêche notre monde de sombrer tout à fait dans la folie...

— Archambault, interrompit Tougas, garde tes grands mots pour tes sermons!

— Bon! alors Philibert me dit: «Monsieur le curé, je suis bien embêté! Je connais pas grand-chose dans la religion. J'ai pour mon dire que le Bon Dieu sait toujours ce qu'il fait. Moi, je m'efforce de faire ce qu'il attend de moi: aimer ma femme et mes enfants, aider les voisins mal pris, être correct en affaires, cultiver ma terre du mieux que je le puis car c'est Lui qui me l'a confiée.»

Et, poursuivit Joël, il me raconta ce qui était arrivé à Marjolaine, comment des gens s'étaient mis à croire qu'elle voyait la Sainte Vierge tous les jours, et que des gens qu'il ne connaissait pas lui disaient qu'il devait laisser aller les choses maintenant car c'était ce que le Bon Dieu lui demandait. Et lui, il ne pensait pas tout à fait la même chose, mais il n'était pas sûr... Surtout, il était attaché à la statue de la Vierge que sa mère avait déposée devant la maison parce que la Sainte Vierge les avait protégés d'un grand malheur... Peut-être que sa sainte mère ne serait pas contente qu'il l'enlève et peut-être que la Sainte Vierge cesserait de les protéger...

Je l'ai écouté longtemps. Il était évident qu'il éprouvait un grand soulagement à me confier ses scrupules et ses craintes. Il était inquiet de Marjolaine... je commençai par le rassurer à son sujet. La venue prochaine de Claudine Thivierge dans la maison allait stabiliser Marjolaine. Elle était déjà une grande amie pour elle et une femme de bon conseil. Tout en parlant, je regardais une petite statue de la

Vierge que j'avais trouvée dans le grenier du presbytère en triant des effets laissés par des prêtres qui m'ont précédé dans la paroisse. Je la pris et la lui tendis: «Prenez-la, je vous la donne. Elle est très ancienne et a peut-être appartenu au curé qui a marié vos parents. Gardez-la dans la maison, pour vous souvenir de la foi de votre mère et pour remercier Marie de vous épargner un plus grand danger que le feu d'autrefois.» J'ajoutai: «Écoutez-moi, monsieur Deslongschamps. La Sainte Vierge, et le Bon Dieu encore moins, n'invente pas de sottises pour embêter les honnêtes gens. Je ne crois pas du tout à cette histoire d'apparition. Je l'ai dit à Monseigneur qui m'a approuvé. C'est une histoire inventée du début à la fin par des gens que je connais et qui, je veux être charitable, ont un goût évident pour les extravagances et les histoires merveilleuses. Faites le ménage, monsieur Deslongschamps, faites le ménage! Vous êtes chez vous. Votre terre vous appartient comme elle appartiendra à vos descendants. Vous êtes libre de bâtir et de débâtir. Rasez tout cela le plus vite possible. Vous rendrez un grand service à la paroisse et à tous ceux et celles qui aiment la Sainte Vierge.»

— Tu as dit ça! répliqua Tougas qui n'en croyait pas encore ses oreilles.

— C'est ce que j'ai dit et c'est ce que j'ai fait, conclut Joël.

*   *

*

«Philibert Deslongschamps souriant, visiblement soulagé, sortit du presbytère, serrant la petite statue avec une tendresse un peu gauche, et regagna son auto pour reprendre la route du deuxième rang.

Claudine et Marjolaine avaient préparé le souper tout en s'efforçant de retenir Robert qui s'impatientait et allait voir d'une fenêtre à l'autre si Philibert ne revenait pas.

Dès qu'il fut revenu, on passa à table. Il raconta sa rencontre avec le curé et fit circuler la petite statue qu'il lui avait donnée. Marjolaine la tint un long moment dans ses mains avant de lui trouver une place: la tablette de la vieille horloge de son enfance, accrochée au mur de la cuisine entre les deux fenêtres qui donnaient sur la cour. Elle déposa la statue, chercha un verre rempli d'eau et y plaça quelques fleurs qu'elle cueillit dans le gros bouquet que Claudine avait apporté de chez elle. Il y eut un long moment de silence autour de la table comme pour accueillir la paix et la douceur que la statue de la Vierge avait apportées avec elle.

C'est Philibert qui rompit le silence pour dire à Robert:

— C'est ce soir, mon garçon, qu'on défait tout cela. Quand les gens seront partis, tu monteras la statue dans le grenier. Tu ramasseras tout ce qui traîne sur le terrain avec la pelle du tracteur pour aller porter ça à l'autre bout de la terre, là où on dépose nos vieilles affaires. Demain, on ira enterrer tout ça. Moi, je vais herser avec l'autre tracteur.

On entendait encore des bruits de prières et de chants assourdis qui se mêlaient avec les grondements de moteur et les claquements de portières. On criait des appels à venir rejoindre leur autobus à des pèlerins attardés à prolonger leurs prières ou faisant la queue pour puiser de l'eau dans le puits afin de remplir de petites bouteilles. C'était le brouhaha coutumier des fins de journée de pèlerinage.

On s'attardait encore à la table, chez les Deslongschamps, quand un long crissement de pneus suivi d'un choc sourd fit sursauter tout le monde. Il fut suivi de cris d'horreur, d'appels et de courses. Philibert et son fils sortirent sur la galerie pendant que les femmes se tenaient à la fenêtre du salon.

Des gens couraient vers un autobus scolaire transportant des pèlerins, qui s'était arrêté devant le pacage, tous feux clignotant. Quelqu'un vint vers la maison en criant d'appeler la Sûreté car il y avait eu un accident. Robert entra rapidement dans la maison pour composer l'appel puis il sortit à la course pour rejoindre son père qui se hâtait vers l'autobus. Marjolaine se blottit contre Claudine, effrayée d'avoir peut-être été la cause d'un accident épouvantable. Une odeur de sang chaud commença à se répandre dans l'air.

Robert dut se frayer sans ménagement un chemin pour rejoindre son père fendant et bousculant des groupes de gens qui s'embrassaient en pleurant ou levaient les bras bien haut pour remercier le Ciel en hoquetant des alléluias. Il trouva son père, blême de rage, devant les cadavres de leurs deux plus belles vaches qui gisaient devant l'autobus. Attirées par les lumières et le va-et-vient de la route, elles avaient quitté le pacage par la barrière ouverte, s'étaient aventurées au milieu des voitures et avaient été fauchées par l'autobus de pèlerins qui retournaient chez eux.

Craignant que son père ne veuille casser quelques

figures, Robert l'entoura de ses bras et le ramena rapidement à la maison, à travers les groupes de badauds qui n'avaient d'yeux que pour les vaches, et de pèlerins qui proclamaient bien haut qu'ils devaient la vie à la protection de la Vierge qui les avait préservés de l'embûche tendue par le diable lui-même.

Les voitures de la Sûreté, suivies de trois ambulances hurlantes, arrivèrent rapidement. Les agents examinèrent les cadavres des vaches et les dégâts causés à l'autobus par la collision. Ils s'efforcèrent de recueillir des dépositions auprès des témoins mais parurent y renoncer devant les récits de protection céleste. Ils se dirigèrent plutôt vers la maison des Deslongschamps. Philibert et Robert allèrent à leur rencontre tandis que Claudine et Marjolaine observaient le tout des fenêtres du salon.

Philibert expliqua calmement que c'était contre sa volonté que ces gens se trouvaient sur sa propriété. Il avait tenté de les convaincre de quitter, mais en vain. C'était également à son insu et contre sa volonté que ces jeunes gens avaient ouvert la barrière qui fermait le pacage. Les agents parurent satisfaits pour le moment. Ils demandèrent s'il était possible d'obtenir leur aide pour dégager la route. Robert se dirigea vers le garage et revint avec le plus gros des deux tracteurs auquel la pelleteuse était encore attachée. Les agents le précédèrent sur la route. Il s'engagea entre les files de voitures qui attendaient que l'autobus endommagé soit remorqué. Il parvint, au prix de multiples frôlements et d'éraflures, près des cadavres des vaches qu'il fit basculer dans le fossé, en attendant que les équarrisseurs viennent les ramasser.

Une remorqueuse put enfin approcher de l'autobus. Après de longs tiraillements, il fut traîné vers le village. Les voitures suivirent. Philibert et Robert restèrent sur place pour obliger les voitures garées dans le pacage à le quitter rapidement. En une petite heure, la route fut complètement dégagée. Il ne restait que les lueurs mourantes des bougies qui léchaient les bouquets de fleurs au pied de la niche, et un gazon complètement brûlé par les piétinements.

Devant la maison, Philibert et son fils surveillaient froidement le départ des derniers pèlerins. Quand la dernière voiture se fut suffisamment éloignée, sur un signe de tête de son père, Robert alla chercher le tracteur avec lequel il avait poussé les cadavres des vaches hors de la route. Il s'attaqua immédiatement à la niche d'où Philibert avait retiré la statue de sa mère. En quelques minutes, Robert démolit rageusement la niche, la margelle du puits, les bougies et les fleurs qu'il entassa en un amas de pauvres choses informes dont il remplit la pelleteuse et qu'il alla verser dans un dépotoir près du boisé au bout de la terre. Dans la nuit, les phares du tracteur, à l'allée comme au retour, lançaient de grandes flèches de lumière comme pour repousser quelque ennemi ténébreux.

Pendant ce temps, Philibert avait été chercher l'autre tracteur, plus léger, auquel était attachée une herse, et avait entrepris de herser soigneusement le terrain tout en contournant soigneusement le bosquet des lilas.

Il était près de quatre heures du matin, quand les deux hommes revinrent à la maison, souriants et heureux, après avoir remisé les tracteurs. Claudine avait proposé qu'elles préparent un gros déjeuner de thé, de rôties, de jambon et d'œufs pour les hommes qui devaient être affamés et pour elles-mêmes. Le matin commençait à choisir et à étaler ses premières couleurs et un tout petit vent frais caressait les champs.

La colère de Philibert était tombée. Quant à Robert, il n'avait jamais été aussi fier de son père. La perte de deux vaches leur coûterait quelques milliers de dollars, le coût de la paix et du bon sens. Claudine avait téléphoné à ses parents en soirée et leur avait expliqué les événements et son désir de demeurer auprès de Marjolaine. Tout recommencerait comme avant. Ce serait bon de vivre dans cette grande maison avec des gens aimés et savoir qu'on l'aimait plus qu'elle n'osait le croire.

Au début de la matinée, Robert alla la reconduire chez ses parents et ramena «Flanc-mou», le chien de son futur beau-père qui l'avait adopté et adorait lui obéir au moindre geste. Il attacha le chien à un poteau de la galerie, avec une chaîne suffisamment longue pour lui permettre de parcourir de larges demi-cercles devant la maison. Il lui avait dit: «Écoute-moi bien, Flanc-mou, tu ne laisses personne approcher de la maison». Et Flanc-mou avait commencé à patrouiller devant la maison.

Les premiers dévots qui apparurent, au début de l'après-midi, furent déconcertés. Ils furent tenus à distance par Flanc-mou qui prenait sa mission très au sérieux et le laissait savoir à tout venant. Rien, absolument rien, ne restait «du lieu des apparitions». Quelques Combattants du Cœurs de Marie et Francs-tireurs de l'Archange Saint-Michel, arrivés peu après pour prendre leur «quart de service» voulurent aller demander des explications aux Deslongschamps mais Flanc-mou ne l'entendit pas de cette façon. Ils durent reculer rapidement jusqu'au chemin. Ils se concertèrent un moment et invitèrent les dévots présents à les suivre au village pour préparer une grande manifestation de réparation pour le saccage, disaient-ils, d'un lieu sanctifié par la Vierge. Leur invitation reçut un accueil très tiède. La petite foule reprit le chemin du village.

Dans les jours qui suivirent, la clinique médicale fut assaillie par de nombreuses personnes souffrant de gastro-entérite. Toutes avaient bu, ne fût-ce que quelques gouttes, de l'eau du puits miraculeux. Odilon Turbide qui s'était proclamé guéri de toutes ses maladies, ne fut pas le moins malade, pour une fois. Amaigri et chancelant, il recommença à se plaindre à tout venant et à accuser sa sœur de l'avoir entraîné dans une aventure qui avait failli lui coûter la vie.»

* *
*

Il était très tard. Le feu mourait et Léveillée avait fermé son piano. Archambault se leva pour rentrer au presbytère.

— Et Marjolaine? demanda Tougas.

— Elle s'est fait un nouvel ami, laissa tomber Joël, un cousin de Claudine. Je pense qu'il est agent de pastorale dans Lotbinière...

LES NOUVELLES
DONNES

J'allais m'asseoir dans le petit parc municipal, face à l'église, au cœur de Montbrûlis, surtout l'avant-midi, afin de profiter de cette heure imprécise entre l'agitation du début de la journée et les premières tensions de la pagaille du milieu du jour. Je choisissais un banc, presque toujours le même, d'où je pouvais, tout en faisant semblant de m'absorber dans la lecture d'un journal ou d'une revue, écouter les bruits de la vie de mon village.

En cette belle journée de fin de juin qui semblait avoir été préparée avec soin par un jeune été tout fier de lui-même, assis à ma place habituelle, j'écoutais quelques «oracles» du garage Beauchemin venus rejoindre les «augures» du parc municipal, discuter avec animation des futures élections:

— Il faut qu'Isidore se décide! Est-ce qu'il revient ou non? On ne le sait pas. On est tous là à attendre après lui. On est prêt à se mettre ensemble et à s'organiser pour «sortir» les femmes du Conseil...

— C'est pas sûr qu'on réussisse. On sera peut-être pas capable de les sortir toutes.

— Disons qu'on en garde une ou deux pour que le Gouvernement ne chiale pas après nous...

— Mais, Isidore, qu'est-ce qu'il veut?

— J'ai l'impression qu'il prépare quelque chose. Quand ce sera prêt, il va porter un grand coup. On sera surpris, tout le monde! Tu connais Isidore...

Ils se levèrent tous et, tout en discutant, se rendirent «Chez Fred», tout près de l'église, prendre un café. Il y avait près de quatre ans que j'habitais Montbrûlis. J'étais arrivé ici avant les premières élections municipales que j'ai connues et qui promettaient de bouleverser la vie de Montbrûlis. Le MIFPM s'y était essayé avec conviction. J'avais l'impression toute personnelle qu'il avait peu achevé de son programme. Paquette avait été assez habile pour se servir de quelques faux pas, comme l'affaire du stationnement, pour forcer le Mouvement à se tenir sur la défensive. Quant à lui, le projet d'un festival d'hiver, plus ou moins imposé par les «gens d'en-haut», l'avait amené à adopter une politique de «non-ingérence et de non-indifférence» dans la conduite des affaires municipales. Tougas ne cessait de me rappeler la paralysie générale qui gagnait l'administration de Montbrûlis:

— Les amis d'Isidore veulent le faire réélire, avec un Conseil qui lui soit favorable, cette fois. Ils ne veulent pas être tenus à l'écart dans la distribution des gros contrats que le festival d'hiver et le projet d'une station de ski leur permettent d'espérer. Le problème pour Isidore, c'est que ce sont ces «amis» qui ont amené la Parti à le laisser tomber.

Le Parti va tout faire pour le battre. On veut recommencer à neuf avec Florence Duhaime qui est déjà entourée de ces personnes «neuves» que le Parti est allé chercher Dieu sait où.

— Tu es un journaliste cynique et fatigué, Phil Tougas! lui répondis-je.

— Peut-être, mais j'ai raison... du moins la plupart du temps.

*   *
*

Je reçus les Langevin, Nicole et Paul, à souper, quelques jours plus tard, et, bien entendu, il fut question des prochaines élections. Nicole ne cessait de louanger Florence Duhaime, d'une façon que je jugeais, quant à moi, immodérée. Elle lui attribuait l'heureuse issue de nombre de dossiers complexes: le stationnement municipal, les Résidences Sainte-Edmée, la garderie municipale, l'entente avec Saint-Octave au sujet des festivals. Elle admirait la critique serrée des budgets municipaux qui avait obligé le maire Paquette, année après année, à comprimer les dépenses de la municipalité; aucune augmentation des taxes depuis trois ans! Elle, d'habitude si critique, décrivait avec une conviction chaleureuse les «exceptionnelles qualités personnelles» de Florence Duhaime qui la désignaient comme la candidate idéale à la mairie de Montbrûlis: «Nous pouvons, acheva-t-elle, lui confier notre avenir, notre développement, le festival d'hiver, la gestion de nos ressources et la garde de notre environnement, personne d'autre qu'elle

171

n'a une telle vision de l'avenir de notre communauté et ne possède un tel dynamisme...» J'étais stupéfait. Je n'avais pas oublié la conviction communicative avec laquelle Nicole m'avait naguère exposé le programme du Mouvement des femmes. Il n'était question alors que de mouvement, de collectif, de travail d'équipe, de contact permanent avec la base, de consultation, de solidarité féminine, de politique orientée vers le plus grand bien de la collectivité.

Tout cela avait été abandonné au profit d'une nouvelle stratégie essentiellement électoraliste: imposer la personnalité de Florence Duhaime. Le Mouvement des femmes n'était rien de plus maintenant qu'un instrument de prise de pouvoir habilement manipulé.

Je m'en ouvris à Phil Tougas.

— Je te l'avais dit! Florence s'est dotée d'un plan de carrière politique et rien d'autre ne compte à ses yeux. Elle est prête à tout pour qu'il réussisse et elle est encouragée par le Parti qui a trouvé en elle une personnalité selon sa vision!

Observe-la. Si on l'interroge sur ses projets personnels, elle se contente de répondre avec son plus radieux sourire, qu'elle en a plusieurs. Elle ne parle jamais d'une candidature éventuelle à la mairie mais se plaît à évoquer avec enthousiasme l'avenir de Montbrûlis. As-tu remarqué comment elle est devenue affable, conversant volontiers avec le premier ou la première venue, écoutant modestement les compliments, recevant les critiques avec calme, se passionnant pour les problèmes très concrets d'égouts et de poubelles, encourageant les visions en couleurs et en stéréophonie de quelques vieux chialeux qu'elle appelle «nos chers aînés»? Même sa tenue vestimentaire et sa coiffure ont changé. Elle s'est donnée les allures d'une femme-cadre-supérieure-très-vice-présidente, toujours prête à sauter dans un avion avec son ordinateur portatif.

— Tu deviens horriblement cynique, Phil Tougas!

— Je le sais. Mais Florence Duhaime ne me fera pas avaler ses couleuvres!

* *

*

La nouvelle du mariage d'Annette, la secrétaire d'Isidore Paquette depuis douze ans, avec un fils de Lauréat Bouvier dont l'épouse avait exigé le divorce parce qu'elle refusait de vivre plus longtemps au milieu des porcheries, avait été perçue comme le signal annonciateur de l'abandon prochain de la politique municipale par Isidore car, sans Annette, il était totalement incapable de tenir un agenda.

Une semaine après la Fête du Canada, Dalmas Touchette confirma son retrait de la vie politique. Ce ne fut une surprise pour personne car la rumeur avait couru que, depuis la petite crise cardiaque qui l'avait forcé au repos, à la fin de l'hiver, sa famille lui avait signifié qu'elle préférait le voir dans le rôle de grand-père-gâteau plutôt que dans celui de conseiller municipal. Après Annette, sa secrétaire, Paquette perdait son «candidat-vedette».

Quelques jours après l'annonce de la démission de Touchette, Isidore Paquette et son épouse donnèrent une grande réception dans la salle de l'école. Étaient invités les organisateurs, les travailleurs d'élection, les derniers souscripteurs de fonds qui croyaient encore en lui. Il leur annonça qu'il avait accepté un poste important dans une société de Montmagny et qu'il avait décidé, de concert avec son épouse qui allait bientôt ouvrir une boutique dans le nouveau centre commercial de cette ville, d'aller habiter à Montmagny dès la fin de son mandat. Ils conservaient néanmoins leur maison de Montbrûlis à laquelle ils étaient attachés tous les deux et ils se promettaient de revenir y passer tout le temps libre que leur laisseraient leurs nouvelles occupations.

L'effet de surprise passa rapidement car tout ce monde qui avait gravité autour de Paquette depuis douze ans, s'attendait à son départ. On l'applaudit chaleureusement. Il y eut quelques brefs discours de bons souhaits et on chanta: «Cher Isidore, c'est à ton tour...»

*   *

*

Le *Clairon de la Vallée* consacra trois grandes pages à la nouvelle du départ d'Isidore Paquette. Phil Tougas se surpassa. Je réalisai quel journaliste brillant il pouvait être quand il le voulait ou qu'un sujet le passionnait. En quelques heures, il avait rédigé quatre longs textes dans lesquels il rappelait les grandes lignes de la carrière politique de Paquette et brossait un tableau de ses réalisations comme premier magistrat de Montbrûlis. Quoique le bilan de l'administration de Paquette ne fût pas entièrement positif et que l'on dût déplorer de l'inaction en certains domaines et une insensibilité qui frôlait l'indifférence devant les nouveaux

problèmes d'une communauté en mutation, comme celui
de la protection de l'environnement, le maire sortant ne
laissait aucun dossier piégé à ses successeurs. Et, dans un
éditorial émouvant, Phil Tougas, qui n'avait pourtant jamais
fait preuve de grands sentiments d'estime à l'égard de
Paquette, le remerciait en termes vibrants de son dévouement consciencieux à la gestion des affaires municipales de
Montbrûlis.

La semaine suivante, dans un bref communiqué, sans
aucun commentaire, le *Clairon* annonçait que Madame
Florence Duhaime «cédant à de multiples pressions venues
de tous les milieux, après de sérieuses réflexions et après
avoir consulté ses fidèles collaboratrices et les membres du
Mouvement des femmes pour l'implication dans la politique municipale, avait accepté de poser sa candidature à la
mairie de Montbrûlis».

Tougas ne pouvait pas ne pas souligner la candidature
de Florence Duhaime à la mairie en lui offrant de se révéler aux citoyens de Montbrûlis dans une grande interview.
Il éprouvait trop d'antipathie à son endroit pour la faire
lui-même. Une jeune fille du village, Marie-Josée Séguin,
venait de terminer ses études à l'école de journalisme de
Laval et avait sollicité un emploi au *Clairon*. Tougas lui avait
laissé entendre qu'il songeait à engager un ou une journaliste mais qu'il avait besoin de réfléchir encore. Il lui parut
que l'occasion était particulièrement choisie pour évaluer
le professionnalisme et le talent de Marie-Josée. Il l'appela
au téléphone: «Obtenez une interview avec Florence
Duhaime et rédigez-moi un bon texte. Je le publie et nous
discuterons emploi».

Et c'est ainsi, sans que Tougas n'y mette la main, que le *Clairon* offrit à ses lecteurs, sous la plume de Marie-Josée Séguin, («une collaboration spéciale»), une excellente interview avec la «future» mairesse de Montbrûlis. Elle parla de son enfance à Montbrûlis et de sa carrière d'enseignante. Elle décrivit la naissance de sa passion pour la politique que les exemples de son père et de son grand-père avaient éveillée en elle et qu'elle concevait comme une forme supérieure du service de ses semblables, un exercice austère de la solidarité humaine. Sa vie était très simple et elle voulait qu'elle le demeure. Ses loisirs étaient discrets: lecture, musique et cuisine. Elle vivait seule mais n'aimait rien tant que de recevoir quelques amies autour de la table devant un bon repas préparé par ses soins et de prolonger la conversation tard dans la nuit. Bien sûr, elle s'ennuierait de l'enseignement mais... son devoir l'appelait ailleurs, vers un plus grand service. Elle n'avait pas voulu parler de politique, réservant ce sujet pour le prochain congrès du Mouvement des femmes qui devait se tenir à la fin du mois de juillet.

* *
*

Le *Mouvement pour l'implication des femmes dans la politique municipale* tint son congrès de deux jours, la dernière fin de semaine de juillet, dans la grande salle de l'école. Marie-Josée Séguin, que Phil Tougas venait d'engager, était la seule journaliste attitrée et c'est en grande partie par elle que Tougas eut connaissance des sautes d'humeurs, des petites tractations et des compromissions peu honorables parfois qui, comme dans tous les congrès, forment le tissu rugueux qui endosse la belle tapisserie.

Le congrès débuta par une grande fête en l'honneur de Florence Duhaime, candidate acceptée à l'unanimité par les déléguées, et déjà proclamée «mairesse» de Montbrûlis. Les applaudissements éteints, Florence prit la parole pour remercier toutes les membres du Mouvement de leur appui, mais elle mit une condition à son acceptation: que le congrès lui reconnaisse le droit de présenter les candidats de son choix au futur Conseil municipal. Les congressistes furent surprises de cette demande inattendue et se montrèrent hésitantes. Froidement, Florence allégua que le programme qu'elle allait proposer, et réaliser, demandait une telle concertation qu'il lui était nécessaire de pouvoir compter sur une équipe qui partagerait totalement ses vues. Les membres du Mouvement qui lui étaient inconditionnellement acquises et qu'elle avait placées elle-même dans la salle, à des endroits stratégiques, déclenchèrent à ce moment précis une vague d'applaudissements et d'acclamations qui entraîna le reste des congressistes.

Quand les applaudissements moururent, Florence amorça enfin son discours d'acceptation où elle reprenait plusieurs des éléments de l'interview qu'elle avait donnée au *Clairon.* Elle fut longuement ovationnée. Quand le silence revint, sur un ton plus lent et plus grave, elle annonça à son grand regret, le départ de deux des conseillères: Laurence Filion qui s'était associée à des amies pour ouvrir un grand salon de coiffure à Lévis, quittait à regret le Conseil et le Mouvement des femmes, et Marie-France Poitras, qui venait

de vendre *La Giroflée*, appelé à être transformé en un restaurant «haut de gamme», allait se consacrer à une nouvelle carrière.

Florence se dit très heureuse de retrouver auprès d'elle
ses fidèles amies Nicole Langevin, Lucie Charlebois et
Angèle Miron qui avait été défaite de justesse aux dernières
élections et qui briguerait à nouveau les suffrages dans la
même circonscription.

À l'étonnement général, elle proposa à l'assemblée
d'entériner la candidature de *trois hommes* pour remplacer
celles qui partaient: Agénor Champoux, barbier à la re-
traite et héros local pour avoir contribué à l'arrestation
d'un voleur armé, un jeune cadre d'une institution finan-
cière de la Capitale, établi à Montbrûlis avec son épouse et
leurs trois enfants depuis quelques années. Et Antoine
Armand, producteur agricole qui avait déjà occupé des
postes de conseiller de la Fabrique et de la Caisse.

Quelques femmes étaient très mécontentes que Florence n'ait pas réservé aux seules femmes du Mouvement
la composition de son Conseil. Elles le manifestèrent
bruyamment et sans trop de respect. Adroitement, Florence laissa à la surprise indignée tout le temps de s'exprimer puis, demandant la parole, elle expliqua qu'elle était
convaincue que le Mouvement des femmes était assez
mature et conscient de sa force pour ne pas répéter les
erreurs que l'on reprochait sans fin aux hommes: «l'appro-
priation et l'exclusion». Le Mouvement était, dans sa vision,
capable de partager avec les hommes la responsabilité de
l'administration municipale. Ses fidèles amies dans la salle
l'acclamèrent aussitôt et sans retenue, empêchant toute

opinion contraire d'être exprimée et entendue. Les hommes, qui attendaient dans les coulisses, vinrent se joindre à Florence et aux conseillères déjà présentes sur l'estrade et les applaudissements nourris et bien dirigés donnèrent l'impression que le MIFPM était une grande famille unie et heureuse.

*   *
*

Le deuxième journée fut consacrée à la présentation du programme que le Mouvement entendait défendre aux prochaines élections. Il était le résultat de nombreuses assemblées de cuisine et de longues discussions à *La Giroflée* ou au salon de coiffure. Le programme affichait une grande préoccupation des questions si difficiles de l'environnement. On exigeait du futur Conseil qu'il accorde la priorité aux problèmes de la disposition des déchets domestiques, de la pureté de l'air et de l'eau, de la conservation du sol, du reboisement et du nettoyage des ruisseaux qui sillonnaient les terres de Montbrûlis.

Florence écouta attentivement, tout le temps que l'on voulut bien s'exprimer sur ces sujets. Quand elle perçut que les interventions se répétaient et qu'on allait demander un vote, elle se leva et s'avança vers le micro:

«Mes amies, avant que nous prenions un vote sur le programme que nous venons d'étudier, permettez-moi de vous féliciter et de vous remercier pour cet immense travail de réflexion et de débat dans la préparation du programme. Il démontre que le Mouvement est vivant, qu'il est une force dynamique tendue vers l'avenir de Montbrûlis. Et je voudrais vous parler de cet avenir.

En vérité, beaucoup d'indices nous font croire que Montbrûlis commence à ressentir les effets de la stagnation sociale et économique. Nous n'avons pas vu l'établissement d'une nouvelle industrie ou d'une nouvelle exploitation agricole depuis quelques années. De plus en plus de jeunes, garçons et filles, songent à quitter Montbrûlis. Il y a de moins en moins d'emplois dans notre milieu et peut-être, de moins en moins de ressources.

Mes amies, nous ne pouvons plus compter sur des ressources empruntées ailleurs. Il nous faut compter sur celles que nous possédons. Et quelle est notre grande ressource, notre ressource inépuisable, celle qui peut assurer notre développement harmonieux, celle qui fonde notre avenir? Notre seule et immense ressource, c'est L'HIVER!

Saint-Octave, notre voisin, était dans une situation analogue. Il n'avait qu'une ressource: la forêt. Par un festival, dont nous avons tous ri, mais qui s'est révélé un succès étonnant, il a pu préparer un développement admirable de son territoire, assurant un progrès économique enviable. Bientôt, Saint-Octave sera doté d'un grand parc d'amusement estival, de terrains de camping spacieux, d'interminables pistes de randonnée, de circuits de bicyclettes de montagne qui en feront l'un des centres les plus importants du pays.

La question n'est pas, mes amies, de copier servilement Saint-Octave. Là-bas, les hommes qui ont travaillé tout l'hiver dans les chantiers, sont libérés l'été pour se consacrer aux activités estivales et accueillir les touristes.

180

Chez nous, c'est le contraire. L'été, nos hommes sont occupés sans relâche par les travaux requis par leur exploitation agricole. Et l'hiver, mes amies, est une saison morte, interminable, inactive. Pourquoi ne pas chercher à exploiter l'hiver?

Mes amies, si nous lançons le projet d'une grande fête des neiges à Montbrûlis, nous pourrons attirer l'attention des sportifs et des investisseurs sur les ressources qu'offre l'hiver à Montbrûlis. Notre splendide montagne pourrait permettre la création d'une station de sports d'hiver: ski alpin, glissades familiales, pistes de ski de randonnée, anneau de patinage, raquettes, que sais-je encore? Des chalets seront construits, de grands hôtels, un centre commercial, des boutiques, des restaurants qui créeront un grand nombre d'emplois et amèneront la prospérité à Montbrûlis sans le priver de sa première vocation: l'agriculture.»

Bien averties, les fidèles amies se levèrent d'emblée et applaudirent pendant de longues minutes. À leur tour, les conseillères prirent la parole pour affirmer leur soutien entier à la politique de Florence. Les hommes, de leur côté, ne cachèrent pas qu'ils avaient attendu ce merveilleux projet depuis des années.

En vérité, il fut impossible aux opposantes qui voulaient faire remarquer que le programme de Florence était emprunté, souvent dans les mêmes termes, à celui d'Isidore Paquette que les femmes avaient combattu, trois ans plus tôt, avec un tel acharnement qu'il avait perdu son conseil. Ces détails n'étaient pas importants aux yeux de celles qui prirent la parole pour vanter le projet d'une station de sports d'hiver à Montbrûlis et décrire l'avenir merveilleux qu'il promettait. C'étaient souvent les mêmes qui l'avaient tourné en ridicule et abîmé de sottises au point de lui enlever toute crédibilité dans l'opinion publique.

*   *
*

Les lendemains du congrès du Mouvement des femmes furent capiteux pour Florence Duhaime. Les félicitations et les encouragements s'accumulaient devant elle. Isidore et Martine Paquette lui adressèrent une jolie lettre bien tournée, assez adroite pour éviter tout reflet d'amertume. Un journal de Québec lui consacra même un billet, probablement inspiré par l'ami «haut placé», qui, malgré quelques bourdes (Florianne Duchêne au lieu de Florence Duhaime, le mont Mégantic au lieu du Brûlis, un village de «la région des Bois-Francs»,) était gentil et vague à souhait. D'ailleurs, qui à Québec, connaissait Florence Duhaime?

Le *Clairon* publia le compte rendu de Marie-Josée Séguin, bien ordonné, clair et de lecture agréable. J'en félicitai Phil Tougas qui me parut soulagé de n'avoir pas dû écrire lui-même des textes sur un sujet qu'il détestait et qu'il aurait probablement gâché.

— Florence sera élue par acclamation, il n'y a aucun doute. Mais elle ne réalisera pas son projet de station de sports d'hiver. Elle ne pourra pas compter sur l'appui de l'ensemble de la population.

— Comment peux-tu avancer une telle affirmation?

— Tu ne connais pas bien les gens de Montbrûlis,

Maxime. Ils ne veulent pas de station de ski. Ils l'ont dit à Paquette d'une certaine façon, ils le diront à Florence, plus clairement encore, d'une autre façon. Ils la laissent parler, ils l'écoutent. Ils voteront pour elle car ils n'ont pas le choix.

— Mais, c'est un projet exaltant...

— Tu crois? Que dirais-tu si on transformait les Plaines d'Abraham en érablière pour attirer les touristes japonais? Après «des études d'impact» bien sûr, une «vaste consultation» assurément, une «campagne de sensibilisation», certes! D'ailleurs, je préfère ne pas énoncer très haut cette idée car le Parti au pouvoir à Québec est capable de s'en emparer et de la mettre à exécution.

Les habitants de Montbrûlis n'accepteront jamais que leur montagne soit défigurée comme le mont Sainte-Anne. Jamais! Le Brûlis, c'est comme notre ancêtre, le témoin de cent cinquante ans de travail pour bâtir ce village, le protecteur des générations qui nous ont précédés. On n'y touche pas. Il faudra que Florence l'apprenne.

— Tu es de plus en plus cynique, Phil Tougas!

— Tu me l'as déjà dit. Salut! On se revoit.

* *
*

Une lettre de Jérémie L'Espérance, publiée dans le *Clairon*, à la mi-août, fut le coup d'envoi d'une campagne de contestation qui transforma la sérénité glorieuse de Florence en cauchemar avant de l'entraîner dans une comédie burlesque.

L'Espérance dénonçait le projet d'une station de sports d'hiver au pied du Brûlis comme «le projet le plus nuisible à l'environnement qu'il soit possible de concevoir, le plus contraire aux principes de l'écologie, le plus contradictoire avec toute politique de développement durable avancée par le Gouvernement».

Dans une envolée mélodramatique, il décrivait la destruction prochaine du Brûlis «labouré à mort par les descentes, contaminé par la multiplication sauvage des fosses septiques mal entretenues, reculant (*sic*) devant l'envahissement des amas de déchets domestiques et agonisant sous le poids de la croissance incontrôlable de la pollution sous toutes les formes que l'affluence de touristes irresponsables amènera sur elle».

Et il terminait sa lettre d'une façon pathétique: «Amis de l'air, de la terre, des eaux, des arbres, des fleurs, vous tous, les passionnés de la flore et de la faune, joignez-vous à moi afin d'éveiller les consciences avant qu'il ne soit trop tard pour protéger le Brûlis contre le sort que Florence Duhaime et son équipe lui réservent».

La lettre de L'Espérance amusa les gens de Montbrûlis qui la lurent. Elle ne provoqua nullement ce «réveil des consciences» que Jérémie avait souhaité. Les réactions vinrent plutôt de plusieurs groupements extérieurs à Montbrûlis: écologistes et environnementalistes, défenseurs des droits des animaux, romantiques amants de la nature, rêveurs d'un retour à la nature... Le *Clairon* commença à recevoir quotidiennement de nombreuses lettres expédiées d'un peu partout, même de l'étranger, par des groupement et des associations qui s'étaient voués à la défense

de la planète et affichaient des brochettes d'initiales ésotériques pour s'identifier. Dans toutes ces lettres, les gens
de Montbrûlis étaient exhortés à soutenir la cause de
Jérémie L'Espérance et à rejeter le projet de station de ski
proposé par Florence.

À la fin d'août, à la suite d'un débat dont on ne sait
rien, les Combattants du Cœur de Marie et Francs-tireurs
de l'Archange Saint Michel annoncèrent qu'ils appuyaient
la contestation de Jérémie L'Espérance et s'opposaient au
projet d'une station de sports d'hiver. Cependant, leurs
motifs étaient différents de ceux de L'Espérance. Ils redoutaient «la dépravation des mœurs que les stations de ski
répandent partout où elles sont implantées et l'éradication
des traditions culturelles et religieuses de la société québécoise par l'afflux de touristes transportant à Montbrûlis
des valeurs étrangères à notre peuple».

Jérémie L'Espérance, malgré l'abondant courrier dont
le *Clairon* publiait, chaque semaine, non sans une certaine
malice, plusieurs extraits, ne parvenait pas à rallier les gens
de Montbrûlis à sa croisade. Afin de percer ce mur d'indifférence, il porta sa cause devant le grand public. Utilisant
habilement les relations qu'il avait nouées avec plusieurs
groupes environnementalistes influents, il eut accès à des
médias qui accueillirent sa campagne flamboyante contre
la «destruction du Brûlis, joyau de la Côte du Sud, que
préparait une équipe de dirigeants irresponsables». Une
station locale de télévision présenta un reportage habilement maquillé sur le Brûlis que commentait, sur un ton
tragique, style Radio-Canada, un Jérémie L'Espérance entouré de sa petite famille. Le reportage fut repris un peu

partout dans la Province par d'autres stations et gêna amèrement les gens de Montbrûlis.

Jérémie fut invité à participer à des émissions de lignes
ouvertes par des stations de radio spécialisées dans la com-
mercialisation du chialage. Soutenu systématiquement par
des amis et amies de la nature aguerris aux affrontements
verbaux et au noyautage, il fit un si grand tapage qu'une
question fut posée à l'Assemblée nationale au ministre de
l'Environnement qui répondit de la façon la plus conven-
tionnelle que «les fonctionnaires de son ministère surveillaient attentivement l'évolution de la situation».

De leur côté, les deux groupements intégristes avaient,
eux aussi, «sensibilisé» d'autres groupes qui leur étaient
plus ou moins apparentés, afin qu'ils se joignent à eux et
dénoncent sans merci le danger de dépravation morale
qui menaçait la population de Montbrûlis. Délaissant les
moyens sonores et bruyants de L'Espérance et de ses amis,
ils s'engageaient à combattre le projet par des moyens spi-
rituels, par la multiplication des pétitions et surtout une
grande campagne de sensibilisation auprès des habitants de
Montbrûlis. Bien entendu, la prière et le jeûne devenaient
les armes spirituelles invincibles, seules capables de repousser cet assaut diabolique.

* *
*

Florence Duhaime et ses fidèles amies, après s'être amu-
sées pendant une quinzaine de jours, des manœuvres de
L'Espérance et des groupes qui s'étaient ralliés à sa cause,

commencèrent à s'inquiéter du retentissement négatif qui entourait leur projet, d'autant plus que l'on parlait de plus en plus ouvertement de la candidature possible, et souhaitable, de Jérémie L'Espérance à la mairie de Mont-brûlis. Elles comprenaient mal la mécanique de cette campagne, le fonctionnement de ces mentalités qui leur étaient étrangères.

Elle s'en ouvrit à son ami «haut placé». Il l'écouta très attentivement et l'aida à définir une nouvelle stratégie électorale. Dès son retour à Montbrûlis, Florence réunit dans la plus grande discrétion les militantes du Mouvement des femmes et leur décrivit une ligne d'action et des objectifs précis. Ensemble, elles préparèrent le contenu de leur riposte aux principales affirmations de L'Espérance et de ses partisans.

Dès le lendemain, les militantes se dispersaient dans Montbrûlis pour rencontrer de la façon la plus cordiale possible toute la population. Immédiatement, elles apprirent que la campagne de L'Espérance et des groupes intégristes et environnementalistes qui le soutenaient, n'avaient que peu d'impact sur la population qui s'amusait ferme de ses discours et des personnalités qui l'entouraient. De plus, il ne parvenait pas, malgré de pressants contacts, à recueillir le nombre requis de signatures pour valider son bulletin de présentation.

Après quelques jours de rencontres avec les gens de Montbrûlis, les militantes purent assurer que son élection à la mairie ainsi que celle de ses conseillers et conseillères seraient sans opposition et par acclamation. Elle en avertit son ami «haut placé» qui en fut très heureux. Il la rassura, de son côté, sur l'évolution de la campagne de contestation de L'Espérance et de ses alliés. Sans être plus explicite, il lui promit qu'elle connaîtrait bientôt «une évolution inattendue».

Au début d'octobre, la dissension envahit soudain le camp de L'Espérance de la manière la plus imprévisible. Elle fut suscitée par la photocopie d'un article paru dans une revue «nouvel âge» mal identifiée, apparemment publiée en France, que reçut un *franc-tireur* «d'un ami discret et inconnu». L'auteur de l'article, qui se définissait comme un écologiste radical et un environnementaliste militant, proposait que l'humanité revienne au culte de Gaia, la déesse Terre, mère nourricière de toute forme de vie, mère de l'humanité, source féconde et généreuse du véritable bonheur et de l'harmonie universelle.

Texte en main, devant un auditoire de Francs-tireurs et de Combattants sidérés, il leur décrivit l'incroyable danger qui les menaçait et les exhorta à abandonner Jérémie L'Espérance et ses écologistes paganisants. De bonne foi, ils avaient cru défendre Dieu et ils s'étaient alliés sans le savoir à un mouvement idolâtre qui préconisait la restauration des anciens mythes païens. Mais Dieu leur avait donné un signe, un avertissement, une mise en garde. Ils devaient lui obéir.

Immédiatement, les intégristes modifièrent leur tir et s'en prirent aux environnementalistes. Ils allaient partout, dans les assemblées de cuisine que tenait Jérémie pour expliquer sa position. Ils le questionnaient, l'interpellaient, le prenaient à parti, lui reprochaient de ne pas révéler le fond de sa pensée ni les véritables objectifs des mouvements avec lesquels il s'était associé.

L'Espérance et ses partisans n'avaient jamais escompté que l'entrée des intégristes dans leur campagne ne contribue de quelque façon à son succès. Bien malgré eux, ils durent négliger leur critique du projet de Florence Duhaime pour répondre aux attaques des mouvements religieux qui ne lâchaient pas. Ils jurèrent de se débarrasser d'eux à la première occasion et de les détourner vers Florence et le Mouvement des femmes dans l'espoir que les intégristes les embêtent suffisamment pour les distraire des attaques qu'ils allaient leur porter.

Le hasard, dit-on, fit bien les choses. L'un des partisans de L'Espérance, venu de Québec à ses frais pour l'aider dans sa lutte contre le projet de Florence, reçut par courrier un exemplaire défraîchi d'une minable petite revue religieuse ronéotypée, qui datait de quelques années, et dans lequel on pouvait lire un article consacré au grand projet que nourrissaient des Combattants et quelques associations pieuses avec lesquelles ils se reconnaissaient de grandes affinités: l'érection d'un sanctuaire marial au pied du Brûlis, à l'endroit même retenu pour être le centre de la future station de sports d'hiver.

Les groupements qui soutenaient la campagne contre ce projet convoquèrent immédiatement une conférence de presse dans un hôtel de Montmagny pour dénoncer «la machination ténébreuse d'une association de bigots qui utilisaient la campagne irréprochable et désintéressée des mouvements environnementalistes, pour s'approprier un site d'une grande beauté et le dévaster d'une façon systématique par la construction d'un édifice complètement inutile».

«L'hypocrisie, la bigoterie et l'obscurantisme de ces groupements de fanatiques religieux qui voulaient imposer leur domination sur les consciences et les libertés personnelles» étaient stigmatisés en termes indignés, portés par des envolées d'un lyrisme désarmant.

Ni les Francs-tireurs ni les Combattants n'étaient préparés aux affrontements verbaux, aux interventions qui modifient subtilement les propos de quelqu'un pour leur en substituer d'autres, comme aux défigurations ironiques des arguments de l'adversaire. Ils tentèrent de se défendre du mieux qu'ils le purent en prétendant que l'exemplaire de la revue en question était un faux créé de toutes pièces et que jamais ils n'avaient nourri un tel projet. Ils ressortirent les accusations de néopaganisme à l'endroit des environnementalistes, mais ils durent reculer devant les attaques spécieuses que les écologistes et les environnementalistes leur assénaient. Ils se turent et se réfugièrent, du moins l'affirmèrent-ils, dans la «protestation spirituelle» contre le projet de Florence.

Et pendant que les deux partis opposés au projet de Florence, de son Conseil et du Mouvement des femmes, échangeaient des accusations et des réfutations, des protestations indignées et des communiqués enflammés, le délai prévu par la loi électorale pour la présentation des candidatures s'achevait paisiblement. Les organismes qui soutenaient L'Espérance, tous étrangers à Montbrûlis, n'étaient pas parvenus à rassembler le nombre requis de signatures de citoyens favorables à sa candidature à la mairie et, dans l'agitation des derniers jours, ils avaient oublié l'enjeu véritable de leur campagne.

Le président des élections, au jour déterminé par la loi, dut proclamer l'élection de Florence Duhaime à la mairie, de tous ses candidats aux postes de conseiller municipal, par acclamation. Le MIFPM se réjouit et s'efforça de célébrer mais l'enthousiasme avait disparu.

*   *

*

Quelques jours plus tard, Jérémie L'Espérance soumit une lettre au *Clairon* dans laquelle il exprimait sa déception et son amertume devant la tournure qu'avait prise une campagne lancée avec un total désintéressement. Phil Tougas la lui renvoya, accompagnée d'une note dans laquelle il lui faisait remarquer sèchement que les lecteurs du *Clairon* avaient d'autres sujets de préoccupation et ne désiraient plus être tournés en ridicule par des gens qui leur étaient étrangers.

J'interromps ici ces chroniques, car une université de la Nouvelle-Angleterre m'a invité à la suite de quelques articles publiés dans une revue de Toronto à animer des séminaires sur les peintres de Charlevoix au cours du second trimestre. Je quitte Montbrûlis la semaine prochaine, pour quelques mois, après avoir confié au «grand Lagüe», mon propriétaire, la surveillance de mon logis. J'ai l'intention de revenir au printemps.

TABLE

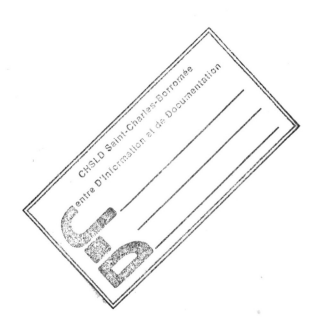

Achevé d'imprimer
en octobre 1995
sur les presses de
Imprimerie H.L.N.

Imprimé au Canada — Printed in Canada